11.3
雨ニモマケズ
風ニモマケズ
雪ニモ夏ノ暑サニモマケヌ
丈夫ナカラダヲモチ
慾ハナク
決シテ瞋ラズ
イツモシヅカニワラッテヰル
一日ニ玄米四合ト
味噌ト少シノ野菜ヲタベ
アラユルコトヲ
ジブンヲカンジョウニ入レズニ
ヨクミキキシワカリ
ソシテワスレズ
野原ノ松ノ林ノ蔭ノ
小サナ萱ブキノ小屋ニヰテ
東ニ病気ノコドモアレバ
行ッテ看病シテヤリ
西ニツカレタ母アレバ
行ッテソノ稲ノ束ヲ負ヒ
南ニ死ニサウナ人アレバ
行ッテコハガラナクテモイヽトイヒ
北ニケンクワヤソショウガアレバ
ツマラナイカラヤメロトイヒ
ヒドリノトキハナミダヲナガシ
サムサノナツハオロオロアルキ
ミンナニデクノボートヨバレ
ホメラレモセズ
クニモサレズ
サウイフモノニ
ワタシハナリタイ

EX-LIBRIS

逝世90週年中日對照紀念有聲版

宮澤賢治詩集

宮澤賢治 著

林農凱 譯

笛藤出版

目次

♪情境配樂日文朗讀 MP3
請掃描左方 QR code 或輸入網址收聽：

https://bit.ly/Miyazawa-poetry

* 請注意英文字母大小寫區分

◆日文發聲｜山口廣輝

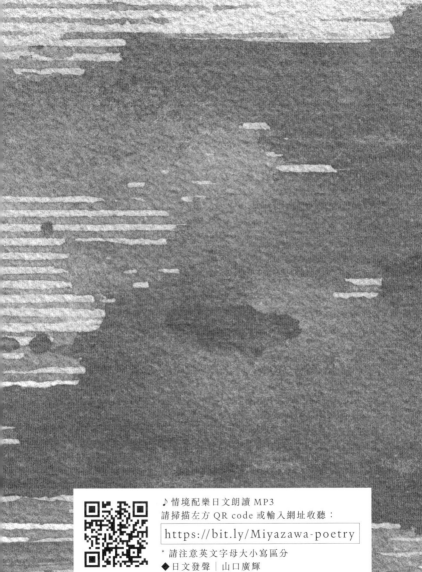

序／

稱為我的此現象為
假想有機交流電燈的一盞青色燈光
（一切透明幽靈的複合體）
與風景及人等一同
匆匆促促地閃爍
又非常確實地持續亮著
因果交流電燈的一盞青色燈光
（光仍照著，那電燈則遺失）

這些共二十二個月

從感受過去的方位
排列紙與礦質墨水
（全部與我一起閃爍
所有人同時感受的東西）
被我留存至今的
每一段影子與光
如實描繪的心象素描
關於這些素描人或銀河或修羅或海膽都
嚐著宇宙塵，或呼吸空氣及鹽水
各自思考新鮮的本體論

但那些總之是心中的一景
只是確實記錄下的這些景色
全如記錄下的景色模樣
若那是虛無則虛無本身即是如此
到某種程度大家皆有共通
（因為一切如在我心中的大家一般
大家心中亦有各自的一切）

可是這些新生代沖積世的
明亮得巨大的時間聚積中
本應正確映照出的這些話語

在等於微渺一點的一明一暗間
（或修羅的十億年）
其構組或本質早已驟變
而且我跟印刷者
可能會有感覺其毫無變化的傾向
蓋如我們感受我們的感官
如風景或人物一般
以及只是感受共通處一般
記錄或歷史，又或是地史之類
與其各自的多樣資料
（在因果的時空限制下）

也僅是我們所感受之物
恐怕經過兩千年時
已普及極為不同的地質學
適洽的證據又不斷從過去顯現
大家都認為兩千多年前
有飛滿藍天的無色孔雀
新進的大學者們會從大氣層的最上層
光輝奪目的冰氮一帶
挖掘出珍貴的化石
或在白堊紀砂岩層上
說不定也會發現透明人類的巨大足跡

這一切命題
作為心象或時間自身的性質
在第四次延長中受到主張

大正十三年一月廿日

宮澤賢治

01

序

わたくしといふ現象は
仮定された有機交流電燈の
ひとつの青い照明です
（あらゆる透明な幽霊の複合体）
風景やみんなといつしよに
せはしくせはしく明滅しながら
いかにもたしかにともりつづける
因果交流電燈の
ひとつの青い照明です
（ひかりはたもち、その電燈は失はれ）

これらは二十二箇月の
過去とかんずる方角から
紙と鉱質インクをつらね
（すべてわたくしと明滅し
　みんなが同時に感ずるもの）
ここまでたもちつゞけられた
かげとひかりのひとくさりづつ
そのとほりの心象スケッチです

これらについて人や銀河や修羅や海胆は

宇宙塵をたべ、または空気や塩水を呼吸しながら
それぞれ新鮮な本体論もかんがへませうが
それらも畢竟こゝろのひとつの風物です
たゞたしかに記録されたこれらのけしきは
記録されたそのとほりのこのけしきで
それが虚無ならば虚無自身がこのとほりで
ある程度まではみんなに共通いたします
（すべてがわたくしの中のみんなであるやうに
みんなのおのおののなかのすべてですから）

けれどもこれら新生代沖積世の

巨大に明るい時間の集積のなかで
正しくうつされた筈のこれらのことばが
わづかその一点にも均しい明暗のうちに
　（あるひは修羅の十億年）
すでにはやくもその組立や質を変じ
しかもわたくしも印刷者も
それを変らないとして感ずることは
傾向としてはあり得ます
けだしわれわれがわれわれの感官や
風景や人物をかんずるやうに
そしてたゞ共通に感ずるだけであるやうに

記録や歴史、あるひは地史といふものも
それのいろいろの論料《データ》といつしよに
（因果の時空的制約のもとに）
われわれがかんじてゐるのに過ぎません
おそらくこれから二千年もたつたころは
それ相当のちがつた地質学が流用され
相当した証拠もまた次次過去から現出し
みんなは二千年ぐらゐ前には
青ぞらいつぱいの無色な孔雀が居たとおもひ
新進の大学士たちは気圏のいちばんの上層
きらびやかな氷窒素のあたりから

すてきな化石を発堀したり
あるひは白堊紀砂岩の層面に
透明な人類の巨大な足跡を
発見するかもしれません

すべてこれらの命題は
心象や時間それ自身の性質として
第四次延長のなかで主張されます

大正十三年一月廿日

宮沢賢治

折射率／

七之森中近此的一座
明明比水中更明亮
而且廣袤無比
我難道只能踏上凹凸不平的凍路
踩進坑坑洞洞的雪
朝遠方皺成一團的鋅雲
如同鬱悶的郵差一樣
（或如同阿拉丁去取油燈）
急忙地趕路嗎

02

屈折率

七つ森のこつちのひとつが
水の中よりもつと明るく
そしてたいへん巨きいのに
わたくしはでこぼこ凍つたみちをふみ
このでこぼこの雪をふみ
向ふの縮れた亜鉛《えん》の雲へ
陰気な郵便脚夫《きやくふ》のやうに
（またアラツディン、洋燈《ラムプ》とり）
急がなければならないのか

鞍掛之雪／

可靠的只有
連綿鞍掛的雪
因為原野跟樹林
有時濕淋淋有時鬱暗
一點也靠不住
即使那真的是如酵母一般的
朦朧的暴風雪
但能送出一絲希望的
只有鞍掛山的雪
（這是一種古老的信仰）

03

くらかけの雪

たよりになるのは
くらかけつづきの雪ばかり
野はらもはやしも
ぽしやぽしやしたり黝《くす》んだりして
すこしもあてにならないので
ほんたうにそんな酵母《かうぼ》のふうの
朧《おぼ》ろなふぶきですけれども
ほのかなのぞみを送るのは
くらかけ山の雪ばかり
(ひとつの古風《こふう》な信仰です)

太陽與太市／

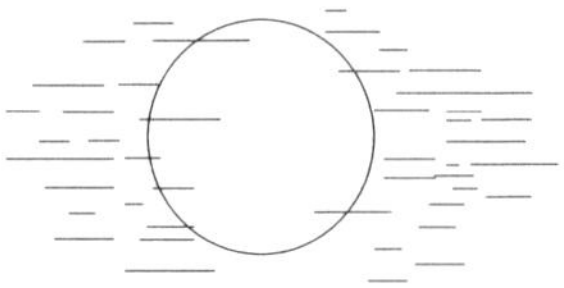

太陽今天像個天空上的小小銀盤
雲氣不斷地
侵染它的盤面
因為風雪也開始發光
所以太市穿上毛毯布的紅色長褲

04

日輪と太市／

日は今日は小さな天の銀盤で
雲がその面《めん》を
どんどん侵してかけてゐる
吹雪《フキ》も光りだしたので
太市は毛布《けっと》の赤いズボンをはいた

山丘眩惑／

從天空飛落一片片
閃耀出美麗光芒的雪花
反射電信桿影的靛藍
或眩目刺眼的山丘

彼處農夫的雨蓑邊緣
被不知何處的風刮得尖銳
正如一千八百一十年代的佐野喜木板
原野的盡頭是西伯利亞的天邊

土耳其玉製的玲瓏接縫亦透出光芒
（太陽公公
　在天空遠處
　接連地焚燒白色焰火）
竹葉的雪
燒著散落　燒著散落

05 丘の眩惑／

ひとかけづつきれいにひかりながら
そらから雪はしづんでくる
電《でん》しんばしらの影の藍青《インディゴ》や
ぎらぎらの丘の照りかへし

あすこの農夫の合羽《かつぱ》のはじが
どこかの風に鋭く截りとられて来たことは
一千八百十年代《だい》の
佐野喜の木版に相当する

野はらのはてはシベリヤの天末《まつ》
土耳古玉製《ぎよくせい》玲瓏《れいらう》のつぎ目も光り
（お日さまは
そらの遠くで白い火を
どしどしお焚きなさいます）
笹の雪が
燃え落ちる、燃え落ちる

碳化鈣倉庫／

原以為是路街令人懷念的燈火
我才匆忙穿越
雪與蛇紋岩的峽谷
那確實是碳化鈣倉庫屋舍
澈透冰冷的電燈
（因被黃昏時的霙所打濕
所以最好點上一捲菸草）
這些緬懷的擦掠
不僅為寒而起
也並非只是寂寞所致

06

カーバイト倉庫／

まちなみのなつかしい灯とおもつて
いそいでわたくしは雪と蛇紋岩《サーペンタイン》との
山峡《さんけふ》をでてきましたのに
これはカーバイト倉庫の軒
すきとほつてつめたい電燈です
　（薄明《はくめい》どきのみぞれにぬれたのだから
　　巻烟草に一本火をつけるがいい）
これらなつかしさの擦過は
寒さからだけ来たのでなく
またさびしいためからだけでもない

鈷山地／

在鈷山地的冰霧中
燃燒著奇異的晨火
約在毛無森採伐殘跡一帶
確實有精神上的白火
比水更強地一陣陣接連不斷燃燒著

07

コバルト山地／

コバルト山地《さんち》の氷霧《ひやうむ》のなかで
あやしい朝の火が燃えてゐます
毛無森《けなしのもり》のきり跡あたりの見当《けんたう》です
たしかにせいしんてきの白い火が
水より強くどしどしどしどしどし燃えてゐます

盜人／

蒼白骸骨星座的黎明
跨過凍泥的漫射
偷走一個置於店頭
提婆之甕的小偷
也即刻停下他長長的黑腳
雙手放在兩耳
聆聽電線音樂盒

08

ぬすびと

青じろい骸骨星座のよあけがた
凍えた泥の乱《らん》反射をわたり
店さきにひとつ置かれた
提婆のかめをぬすんだもの
にはかにもその長く黒い脚をやめ
二つの耳に二つの手をあて
電線のオルゴールを聴く

戀與病熱／

我的靈魂今日憂病
甚至不能直視烏鴉
她從此刻開始
在冰冷的青銅病房
感受透明的薔薇之火的灼燒
這是真的，但妹妹呀
我今日也同樣甚為難受
所以不會去摘柳花

09

恋と病熱／

けふはぼくのたましひは疾み
烏《からす》さへ正視ができない
あいつはちやうどいまごろから
つめたい青銅《ブロンヅ》の病室で
透明薔薇《ばら》の火に燃される
ほんたうに、けれども妹よ
けふはぼくもあんまりひどいから
やなぎの花もとらない

春與修羅（mental sketch modified）／

從心象的灰鋼中
木通的藤蔓纏上天雲
原野草叢或腐殖濕地
皆是一大片一大片的諂曲花紋
（比正午的管樂更繁盛
　在琥珀碎片傾流之時）
憤怒的苦又青澀
在四月大氣層的光芒底部
吐唾咬牙而行走往來
我是一名修羅

（風景搖盪於淚中）
眼界滿是殘雲
玲瓏的天之海中
聖水晶的風相互交會
春天的一列ZYPRESSEN
灰黑地吸收乙太
從那灰暗的腳
朝天山的雪稜照耀
（陽炎波浪與白色偏光）
但真誠話語失落
撕碎的雲飛向天空

啊啊在燦爛的四月底部
咬牙燃燒而往來的我
是一名修羅
（玉髓之雲流動
在某處鳴啼的春之鳥）
太陽暗藍閃耀
修羅交響於樹林
從凹陷陰暗的天之椀
延展開黑色樹木的群落
其木枝哀傷地茂盛
從喪神之森的樹梢上

閃現飛起的鴉鳥
飛越所有二重的風景
（大氣終於晴朗
　扁柏直直朝天佇立時）
穿過草地黃金之物
無異於人形之物
那農夫包著蓑衣看著我
真的看得到我嗎
耀眼的氣圈之海的那頭
（悲傷如此深藍）
ZYPRESSEN 靜靜搖盪

鳥又剪掠過藍天
（真誠的話語不在此
　修羅的眼淚落進泥土中）

才重新朝天空吸氣
微白的肺癟縮
（此身破碎成天空的飛塵）
銀杏枝頭又亮起光芒
ZYPRESSEN 終於漆黑
天雲的火花流傾散落

10

春と修羅 （mental sketch modified）

心象のはいいろはがねから
あけびのつるはくもにからまり
のばらのやぶや腐植の湿地
いちめんのいちめんの諂曲《てんごく》模様
（正午の管楽《くわんがく》よりもしげく
　琥珀のかけらがそそぐとき）
いかりのにがさまた青さ
四月の気層のひかりの底を
唾《つばき》し　はぎしりゆききする
おれはひとりの修羅なのだ

（風景はなみだにゆすれ）
砕ける雲の眼路《めぢ》をかぎり
れいらうの天の海には
聖玻璃《せいはり》の風が行き交ひ
ZYPRESSEN 春のいちれつ
くろぐろと光素《エーテル》を吸ひ
その暗い脚並からは
天山の雪の稜さへひかるのに
（かげらふの波と白い偏光）
まことのことばはうしなはれ
雲はちぎれてそらをとぶ

ああかがやきの四月の底を
はぎしり燃えてゆききする
おれはひとりの修羅なのだ
（玉髄の雲がながれて
　どこで啼くその春の鳥）
日輪青くかげろへば
　修羅は樹林に交響し
　　陥りくらむ天の椀から
　　黒い木の群落が延び
　　　その枝はかなしくしげり
　　すべて二重の風景を

喪神の森の梢から
　ひらめいてとびたつからす
（気層いよいよすみわたり
　ひのきもしんと天に立つころ）
草地の黄金をすぎてくるもの
ことなくひとのかたちのもの
けらをまとひおれを見るその農夫
ほんたうにおれが見えるのか
まばゆい気圏の海のそこに
（かなしみは青々ふかく）
ZYPRESSEN　しづかにゆすれ

鳥はまた青ぞらを截る
（まことのことばはここになく
　修羅のなみだはつちにふる）

あたらしくそらに息つけば
ほの白く肺はちぢまり
（このからだそらのみぢんにちらばれ）
いてふのこずえまたひかり
ZYPRESSEN　いよいよ黒く
雲の火ばなは降りそそぐ

春光詛咒／

那人到底是什麼樣貌
你知道是怎麼回事嗎
頭髮烏黑秀長
靜靜閉上雙唇
但也就那般而已
　春日迷戀草穗
　美麗可會逝去喔
（這裡既藍黑而又空蕩）
臉頰輕紅眼瞳色茶
不過就那般而已
（噢噢這冰冷蒼藍苦澀）

11 春光呪詛

いつたいそいつはなんのざまだ
どういふことかわかつてゐるか
髪がくろくてながく
しんとくちをつぐむ
ただそれつきりのことだ
　春は草穂に呆《ぼう》け
　うつくしさは消えるぞ
　（ここは蒼ぐろくてがらんとしたもんだ）
頬がうすあかく瞳の茶いろ
ただそれつきりのことだ
　（おおこのにがさ青さつめたさ）

小岩井農場／

part 1

我飛快地下了火車
因此雲亮得幾近刺眼
但還有更快的人
長得很像教化學的並川老師
剛剛在盛岡的車站時
我的確這麼想著
橄欖色的西裝等
像極了那文靜的農學士
這人從糖水中

冰涼明亮的候車室
向外走出一步時……我也跟了出去
停著一台馬車
車夫說了一句什麼話
是台漆黑且去光的雅緻馬車
馬則是一匹優秀的海克尼
這人輕輕點頭
然後輕快地像把自己這小行李放進去一般
爬上馬車坐下
（細微光芒交錯）
照到陽光的背脊

悄靜地稍微彎下
我與馬並走著
這更像是載客的馬車
而不是來自農場的
若叫我坐上就好了
車夫從旁叫我一聲就好了
雖然不坐也無妨
但接著還要走五里
而且我想要歇在鞍掛山下
有一段能愜意度過的時光
那兒空氣極是明淨

樹木叢草也都是幻燈片
當然也開著白頭翁
原野會擺上黑葡萄酒杯
殷勤款待我吧
為了在那裡悠遊
就算只到本部也該搭車
今天就算是我
也不是不能坐趟馬車
　（曖昧思惟的螢光
　　不論何時一定都是如此）
馬車已經開始移動

（這正好
　就在我思考怎麼辦時
　事情就已經成為消逝過往）

輕快地經過我身旁
道路是深黑的腐植土
下雨過後有彈性
馬豎直耳朵
邊緣朝著遠方青光挺尖
爽朗地飛馳而去
後面再無人跟隨而來嗎
恭敬縮起肩膀的車站

與新開地風情的餐廳
都裝起表面不平的玻璃格窗
擺出草鞋或 sun-maid 的空罐
還有夏季柑橘的明亮香氣
從火車下來的人
雖然剛剛有很多店家
但大家似乎都往丘腳下的茶褐部落
或繁那一帶而去
拐彎進西邊看不到了
現在我就像在步測
新開地風情的建築物

全都整列在背後
然後這裡開始才正是田地
兩匹黑馬因汗溽濕
拖著犁往復農田
就在黃雀色柔軟的山的這一側
山中吹著不可思議的風
嫩葉隨風搖曳
在遙遠的暗處
傳來樹鶯咕嚕咕嚕的低鳴
那些透明的群青色樹鶯
（而真正的鶯鳥

德文讀本的漢斯說那不是鶩鳥）

馬車快步遠去
激烈搖晃著跳起
紳士也輕輕跳起
這個人已歷經諸般世事
像在某個藍黑色邊緣
坐著不為所動
然後快速遠去
田地裡有兩匹馬
還有兩個赤色的人
在被雲篩落的陽光下

終於燒得紅通通的
跟冬天來時截然不同
一切全都變了樣
說變了也只是冰雪融去
白雲飄展土壤呼吸
樹幹與枝枒裡頭流動燐光或樹液
到了青白的春天而已
在這匆忙心象的閃爍陳列中
在稍縱即逝的萬法流轉中
小岩井美麗的原野與牧場的標本
如此真實而確然地連綿而起

這是多麼新鮮的奇蹟啊
之前行經這條道路
空氣稠密無比
太過冷冽也太過明亮了
今天七之森惟有一整片枯草
詭異綠褐色的松樹
生於山丘的後方與山腳
看來極是陰鬱破舊

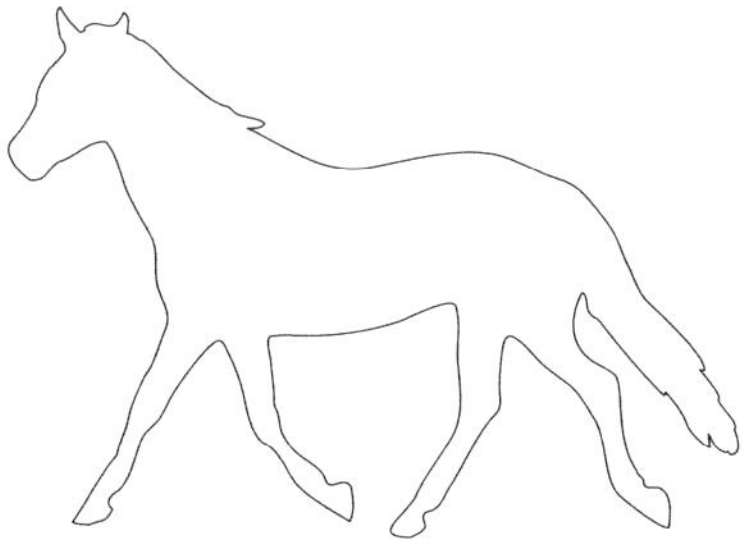

12

小岩井農場／

part 1

わたくしはずゐぶんすばやく汽車からおりた
そのために雲がぎらつとひかつたくらゐだ
けれどももつとはやいひとはある
化学の並川さんによく肖《に》たひとだ
あのオリーブのせびろなどは
そつくりをとなしい農学士だ
さつき盛岡のていしやばでも
たしかにわたくしはさうおもつてゐた
このひとが砂糖水のなかの

つめたくあかるい待合室から
ひとあしでるとき……わたくしもでる
馬車がいちだいたつてゐる
駅者《ぎよしや》がひとことなにかいふ
黒塗りのすてきな馬車だ
光沢《つや》消《け》しだ
馬も上等のハックニー
このひとはかすかにうなづき
それからじぶんといふ小さな荷物を
載つけるといふ気軽《きがる》なふうで
馬車にのぼつてこしかける

（わづかの光の交錯《かうさく》だ）
その陽《ひ》のあたつたせなかが
すこし屈んでしんとしてゐる
わたくしはあるいて馬と並ぶ
これはあるひは客馬車だ
どうも農場のらしくない
わたくしにも乗れといへばいい
馭者がよこから呼べばいい
乗らなくたつていゝのだが
これから五里もあるくのだし
くらかけ山の下あたりで

ゆつくり時間もほしいのだ
あすこなら空気もひどく明瞭で
樹でも艸でもみんな幻燈だ
もちろんおきなぐさも咲いてゐるし
野はらは黒ぶだう酒《しゆ》のコップもならべて
わたくしを款待するだらう
そこでゆつくりとどまるために
本部までも乗つた方がいい
今日ならわたくしだつて
馬車に乗れないわけではない
（あいまいな思惟の蛍光《けいくわう》

きつといつでもかうなのだ）
もう馬車がうごいてゐる
（これがじつにいゝことだ
どうしやうか考へてゐるひまに
それが過ぎて滅《な》くなるといふこと）
ひらつとわたくしを通り越す
みちはまつ黒の腐植土で
雨《あま》あがりだし弾力もある
馬はピンと耳を立て
その端《はじ》は向ふの青い光に尖り
いかにもきさくに馳けて行く

うしろからはもうたれも来ないのか
つつましく肩をすぼめた停車場《ば》と
新開地風の飲食店《いんしょくてん》
ガラス障子はありふれてでこぼこ
わらじや sun-maid のから凾や
夏みかんのあかるいにほひ
汽車からおりたひとたちは
さつきたくさんあつたのだが
みんな丘かげの茶褐部落や
繋《つなぎ》あたりへ往くらしい
西にまがつて見えなくなつた

いまわたくしは歩測のときのやう
しんかい地ふうのたてものは
みんなうしろに片附《づ》けた
そしてこここそ畑になつてゐる
黒馬が二ひき汗でぬれ
犁《プラウ》をひいて往つたりきたりする
ひわいろのやはらかな山のこつちがはだ
山ではふしぎに風がふいてゐる
嫩葉《わかば》がさまざまにひるがへる
ずうつと遠くのくらいところでは
鶯もごろごろ啼いてゐる

その透明な群青のうぐひすが
（ほんたうの鶯の方はドイツ読本の
ハンスがうぐひすでないよと云つた）
馬車はずんずん遠くなる
大きくゆれるしはねあがる
紳士もかろくはねあがる
このひとはもうよほど世間をわたり
いまは青ぐろいふちのやうなとこへ
すましてこしかけてゐるひとなのだ
そしてずんずん遠くなる
はたけの馬は二ひき

ひとはふたりで赤い
雲に濾《こ》された日光のために
いよいよあかく灼《や》けてゐる
冬にきたときとはまるでべつだ
みんなすつかり変つてゐる
変つたとはいへそれは雪が往き
雲が展《ひら》けてつちが呼吸し
幹や芽のなかに燐光や樹液《じゆえき》がながれ
あをじろい春になつただけだ
それよりもこんなせわしい心象の明滅をつらね
すみやかなすみやかな万法流転《ばんぽうるてん》のなかに

小岩井のきれいな野はらや牧場の標本が
いかにも確かに継起《けいき》するといふことが
どんなに新鮮な奇蹟だらう
ほんたうにこのみちをこの前行くときは
空気がひどく稠密で
つめたくそしてあかる過ぎた
今日は七つ森はいちめんの枯草《かれくさ》
松木がおかしな緑褐に
丘のうしろとふもとに生えて
大へん陰欝にふるびて見える

part 2

鈴鼓既在遠處的天空鳴響
今天沒有下雨的問題
但馬車說是快
卻也沒那麼厲害
直到現在才剛行到那處
也只走了從這裡到那處的這筆直的
火山灰之路的一段而已
那處正好是轉角
枯萎的草穗也搖曳著
（山上積滿青雲且發光著

馳騁而去的馬車黑得氣派）

雲雀　雲雀
飛向灑滿銀色微塵的天空
那是正爬昇而飛翔的雲雀
是又黑又快的金色
在天空中進行 Brownian movement
而且說到那鳥的翅膀
如甲蟲般有四片
蜜糖色的一對跟塗上硬漆的一對
兩兩重合疊起
啼聲特是清亮

牠正吞噬空中的光
溺在光波之海中
當然在更遠處
有更多隻啼叫著
那邊的都是背景
這邊的從那看來極為勇敢
在五月此刻從後方
有名穿著黑色長大衣
如醫生的人物走來
偶爾會轉頭看看這邊
走在筆直的道路上

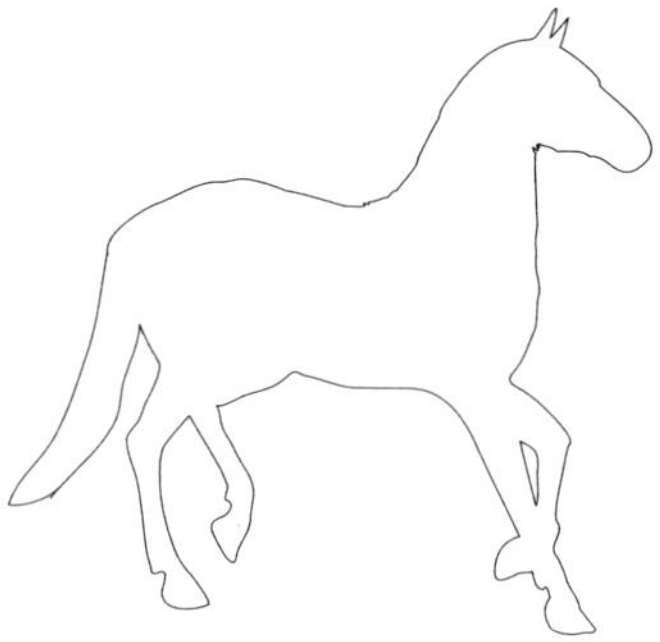

那是很常有的事
冬季時也像這等光景
穿著黑色護肩斗篷而來
他從遠方向我丟出話語的救生圈
本部是不是往這邊走
他有如勉強才能咀嚼般地走在
凹凸不平的去路上
怯生生問了我
本部是不是往這邊走
我只是粗暴地回了一句對的
我覺得那樣就是最合適的回答
而今天則從更遠的地方丟來

part 2

たむぼりんも遠くのそらで鳴つてるし
雨はけふはだいじやうぶふらない
しかし馬車もはやいと云つたところで
そんなにすてきなわけではない
いままでたつてやつとあすこまで
ここからあすこまでのこのまつすぐな
火山灰のみちの分だけ行つたのだ
あすこはちやうどまがり目で
すがれの草穂《ぼ》もゆれてゐる
（山は青い雲でいつぱい　光つてゐるし

かけて行く馬車はくろくてりつぱだ）
ひばり　ひばり
銀の微塵《みぢん》のちらばるそらへ
たつたいまのぼつたひばりなのだ
くろくてすばやくきんいろだ
そらでやる Brownian movement
おまけにあいつの翅《はね》ときたら
甲虫のやうに四まいある
飴いろのやつと硬い漆ぬりの方と
たしかに二重《ふたへ》にもつてゐる
よほど上手に鳴いてゐる

そらのひかりを呑みこんでゐる
光波のために溺れてゐる
もちろんずつと遠くでは
もつとたくさんないてゐる
そいつのはうははいけいだ
向ふからはこつちのやつがひどく勇敢に見える
うしろから五月のいまごろ
黒いながいオーヴアを着た
医者らしいものがやつてくる
たびたびこつちをみてゐるやうだ
それは一本みちを行くときに

ごくありふれたことなのだ
冬にもやつぱりこんなあんばいに
くろいイムバネスがやつてきて
本部へはこれでいいんですかと
遠くからことばの浮標《ブイ》をなげつけた
でこぼこのゆきみちを
辛うじて咀嚼《そしやく》するといふ風にあるきながら
本部へはこれでいゝんですかと
心細《こころぼそ》さうにきいたのだ
おれはぶつきら棒にああと言つただけなので
ちやうどそれだけ大《たい》へんかあいさうな気がした
けふのはもつと遠くからくる

高級的霧／

這已是
太明亮高級的霧了
白樺樹發了芽
野燕麥
農舍的屋頂
馬跟一切
都發光得過強而刺眼
（雖各位或許已經知道
如同陽光中的藍色與金色
落葉松

確實像是椴松）
太過刺眼
甚至感受到空氣些微的刺痛

13

高級の霧／

こいつはもう
あんまり明るい 高級《ハイグレード》 の霧です
白樺も芽をふき
からすむぎも
農舍の屋根も
馬もなにもかも
光りすぎてまぶしくて
（よくおわかりのことでせうが
日射《ひざ》しのなかの青と金

落葉松《ラリックス》は
たしかとどまつに似て居ります）
まぶし過ぎて
空気さへすこし痛いくらゐです

天然誘接／

北齋的榿木下
黃風車轉又轉動
一本杉不是天然誘接
僅是櫸樹與杉樹一同發芽一同成長
樹幹最後終於結合
挺立在險惡的天光下而已
雖然也是有鳥棲息著

14

天然誘接

北斎《ほくさい》のはんのきの下で
黄の風車まはるまはる
いつぽんすぎは天然誘接《てんねんよびつぎ》ではありません
槻《つき》と杉とがいつしよに生えていつしよに育ち
たうたう幹がくつついて
険しい天光《てんくわう》に立つといふだけです
鳥も棲んではゐますけれど

原體劍舞連（mental sketch modified）／

dah-dah-dah-dah-dah-sko-dah-dah

今夜在異裝的弦月下
將黑雞尾裝飾在頭巾上
揮舞單刃太刀
原體村的舞手們呀
投朱鷚色的春日樹液
到阿爾卑斯農人的辛酸中
獻生機東雲的草色焰火
予高原的風和光
綁上菩提樹皮與繩索

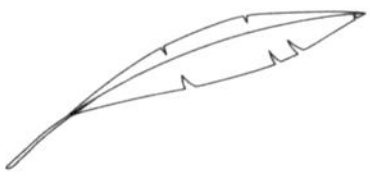

大氣層的戰士吾友們啊
充滿清藍的顥氣
採集櫟樹與山毛櫸的暗鬱
在蛇紋山地高掛篝火
用力搖動扁柏似的頭髮
在散發榲桲香氣的夜空
燃燒全新的星雲
dah-dah-sko-dah-dah
讓肌膚被腐植與土壤削去
讓筋骨受冰冷的炭酸磨礪
月月令日光與風無比焦慮

虔敬積累歲月的師父們啊
今夜是銀河與森林的祭典
在準平原的天際線
更加強勁鳴擊太鼓
響徹柔薄的月雲吧
Ho! Ho! Ho!
往昔達谷的惡路王
在漆黑無盡的二里山洞
遊蕩是夢境與黑夜神
首級斬碎再醃漬
安朵美達也飄搖篝火前

青藍面具假威作勢
太刀砍下狼狽掙扎
夜風底下蜘蛛舞步
吐出胃袋痛苦打滾
dah-dah-dah-dah-dah-sko-dah-dah
緊接著彼此正確會刀
打下霹靂青火
招來四方闇夜鬼神
樹液也迸放的這一夜
赤紅直垂翻飄於地
祭祀雹雲與大風

dah-dah-dah-dahh

夜風轟響扁柏散亂
月光射下如雨降銀箭
且戰且逝都是火花燦命
就在太刀擊聲消散以前

dah-dah-dah-dah-dah-sko-dah-dah

太刀是閃電茅穗的搖曳
如碎落在獅子星座的火雨
消散後惟留無痕天原
且戰且逝都是一命

dah-dah-dah-dah-dah-sko-dah-dah

15

原体剣舞連《はらたいけんばいれん》

(mental sketch modified)

dah-dah-dah-dah-dah-sko-dah-dah

こんや異装《いさう》のげん月のした
鶏《とり》の黒尾を頭巾《づきん》にかざり
片刃《かたは》の太刀をひらめかす
原体《はらたい》村の舞手《おどりこ》たちよ
鴇《とき》いろのはるの樹液《じゆえき》を
アルペン農の辛酸《しんさん》に投げ
生《せい》しののめの草いろの火を
高原の風とひかりにさゝげ
菩提樹皮《まだかは》と縄とをまとふ

気圏の戦士わが朋《とも》たちよ
青らみわたる顥気《かうき》をふかみ
楢と椈《ぶな》とのうれひをあつめ
蛇紋山地《じやもんさんち》に篝《かがり》をかかげ
ひのきの髪をうちゆすり
まるめろの匂のそらに
あたらしい星雲を燃せ
　dah-dah-sko-dah-dah
肌膚《きふ》を腐植と土にけづらせ
筋骨はつめたい炭酸に粗《あら》び
月月《つきづき》に日光と風とを焦慮し

敬虔に年を累《かさ》ねた師父《しふ》たちよ
こんや銀河と森とのまつり
准平原《じゅん》の天末線《てんまつせん》に
さらにも強く鼓を鳴らし
うすい月の雲をどよませ
　Ho! Ho! Ho!
　　むかし達谷《たった》の悪路王《あくろわう》
　　まつくらくらの二里の洞《ほら》
　　わたるは夢と黒夜神《こくやじん》
　　首は刻まれ漬けられ
アンドロメダもかゞりにゆすれ

青い仮面《めん》このこけおどし
太刀を浴びてはいつぷかぷ
夜風の底の蜘蛛《くも》おどり
胃袋はいてぎつたぎた
dah-dah-dah-dah-dah-sko-dah-dah
さらにただしく刃《やいば》を合《あ》はせ
霹靂《へきれき》の青火をくだし
四方《しはう》の夜《よる》の鬼神《きじん》をまねき
樹液《じゆえき》もふるふこの夜《よ》さひとよ
赤ひたたれを地にひるがへし
雹雲《ひやううん》と風とをまつれ

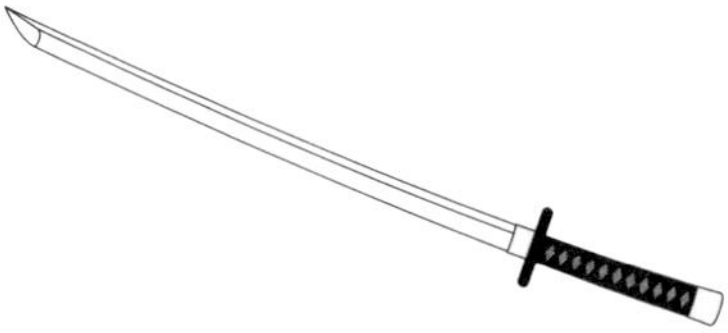

dah-dah-dah-dahh
夜風《よかぜ》とどろきひのきはみだれ
月は射《ゐ》そそぐ銀の矢並
打つも果《は》てるも火花のいのち
太刀の軋《きし》りの消えぬひま
dah-dah-dah-dah-dah-sko-dah-dah
太刀は稲妻《いなづま》萱穂《かやぼ》のさやぎ
獅子の星座《せいざ》に散る火の雨の
消えてあとない天《あま》のがはら
打つも果てるもひとつのいのち
dah-dah-dah-dah-dah-sko-dah-dah

雄偉電線桿／

雨和雲垂落地面
芒草的紅穗也受洗滌
因原野變得清新
麻雀全聚到花卷雄偉電線桿
百來顆的礙子上

為了掠奪進入田中
濕著眼框落淚飛翔
穿梭雲和雨的陽光中
麻雀迅速回到花卷大三叉路
百來顆的礙子上

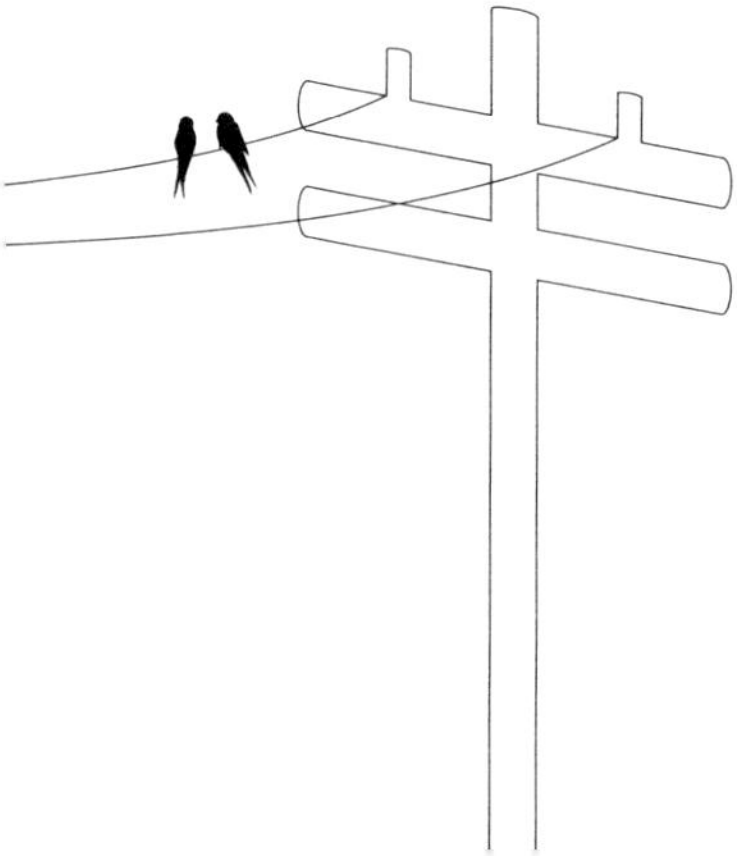

16

グランド電柱／

あめと雲とが地面に垂れ
すすきの赤い穂も洗はれ
野原はすがすがしくなつたので
花巻《はなまき》グランド電柱《でんちゆう》の
百の碍子《がいし》にあつまる雀

掠奪のために田にはいり
うるうるうるうると飛び
雲と雨とのひかりのなかを
すばやく花巻大三叉路《はなまきだいさんさろ》の
百の碍子にもどる雀

旅人／

前去雨中稻田的人
趕往海坊主林一帶的人
走在雲與山陰氣中的人
給我綁緊你的雨衣

17 たび人／

あめの稲田の中を行くもの
海坊主林《うみぼうずばやし》のはうへ急ぐもの
雲と山との陰気のなかへ歩くもの
もつと合羽をしつかりしめろ

竹子與櫟樹／

你煩悶嗎
若是煩悶
下雨時
生有竹子與櫟樹的林中最好了
（你才是給我去剃頭髮）
有竹子與櫟樹的青林中最好了
（你才是給我去剃頭髮
就是因為留那頭髮
才會想到那種事情）

18 竹と楢

煩悶《はんもん》ですか
煩悶ならば
雨の降るとき
竹と楢《なら》との林の中がいいのです
（おまへこそ髪を刈れ）
竹と楢との青い林の中がいいのです
（おまへこそ髪を刈れ
そんな髪をしてゐるから
そんなことも考へるのだ）

東岩手火山／

月如水銀、後夜的喪主
火山礫是晚夜的沉澱
只要看見火口巨大的刨坑
任誰都該會驚愕
（風與寂寥）
現在漂流到的藥師外輪山
山頂也有石標
（月光如水銀，月光如水銀）
《這種事其實是很少有的
對面黑色的山……那個呀

那裡從這邊綿延過去
是綿延過去的外輪山
那兒的頂端就是山頂了
那邊的？
那邊的是御室火口
接下來雖然要繞外輪山一圈
不過現在什麼都還看不到
等稍微亮一些再出發吧
是的　就算太陽還沒升起
天空也會變亮
西岩手火山的火口湖等等

開始能看見什麼的時候就好
日出就在那附近觀賞吧》
　黑色山頂的右肩
　我正看著
　那時赤紅的太陽
　紅得太過鮮明的幻想太陽
《現在幾點了
三點四十分？
剛好還有一個小時
不對還有四十分鐘
很冷的人就請提著燈籠

待在這塊岩石的陰影下吧》
　啊啊，這是黑暗的雲海
《那邊黑色的是早池峰
變成一條線浮現的是北上山地
　後面？
　那個嗎，
那個是雲，看起來很軟吧，
現在雲籠罩著駒岳
飽含水蒸氣的風
撞上了駒岳
朝上爬昇

然後凝結成了像那樣的雲。
雖然好像還看不見鳥海山，
不過
等破曉時說不定就可以看到了》
（是柔軟的雲浪
若是那磅礴的巨浪
月光公司的五千噸蒸汽船
也不會感到一絲搖晃吧
那材質是
蛋白石、glass-wool
或是沉澱的氫氧化鋁土）

《其實這種事非常少見
雖然我已經來了數十次
但從沒有這麼寧靜
又這麼溫暖過
反而比山腳的谷底
比剛剛九合的小屋
都來得要更暖和
如今晚這樣安靜的夜晚
冷空氣會向下沉澱
甚至降霜
溫暖的空氣

則往上浮起
這就是所謂的逆溫》
御室火口的凸起
現正被月光照射著嗎
或照著的是我們的提燈
若是提燈就太可惜了
又暗又是黃雀色
《已經過了快四十分了
請集合起來稍等
看，北方是這邊
北斗七星現在正沒入山的下方

那就是北極星
是小熊座中
七顆亮星的其中一顆
然後往另一邊
看看三顆縱向排列的星星吧
下方有個斜著垂下的星串
右邊與左邊
各有一顆紅色與藍色的大星星吧
那個是俄里翁，也就是獵戶座
在那星串的下方附近
還有星雲

只是現在看不見
在那下面是大犬的α
在冬季夜晚是最亮最顯眼的星
與夏季的天蠍互為表裡
那麼各位，就請隨意走動吧
對面那白色的是嗎
那不是雪
不過還是去看看吧
還有一個小時
我就在這裡畫些素描》
結果，我的筆記本上

寫下的量只有三張
這恐怕是月光的惡作劇
藤原幫我照著提燈
啊啊我已折起筆記了
那麼我一個人去吧
外輪山美麗的自然步道上
月亮的一半是赤銅、地照
《月亮也有黑色的地方》
《後藤又兵衛總是拜著月亮》
小田島治衛回應了
我的自言自語

《是山中鹿之助吧》
不管了，我要走了
　不論是哪個都是好事
受二十五日的月光照耀
走在藥師火口的外輪山時
我是地球的華族
蛋白石的雲滿溢至遠方
俄里翁、金牛、大小星座
清澈晴明
連閃瞬明滅都少
在我的額頭上燦燦發光

是的，從俄里翁的右肩
鋼青色的雄渾壯麗
鮮明地震著朝我而來

三盞提燈下降到
夢之火口原的白色地帶
《那是雪嗎，應該不是雪吧》
之所以困惑著回答
因那不是雪，而是鐵線蓮的花叢
若非則或是高嶺土
還有一盞提燈

駐足在一升處
那一定是河村慶助
正愣愣地把手縮進外套的袖口裡
《走進御室的火口吧
試著進去看看噴發口
雖然應該撿不到硫磺塊》
聲音可以傳得這麼遠
是因為這裡裝設了擴音器
他們躊躇了片刻
《老師　裡頭能否進去呀》
《可以　進去吧　沒問題的》

三盞提燈沉了進去
那高低不平漆黑的線
看來有些哀傷
可這到底是多麼好的事
戴上巨大的帽子
披上破碎的緞布披風
在藥師火口的外輪山
靜謐的月光下行走這事

這石標
定寫著下山標識

從火口走出了提燈
還能聽到宮澤的聲音
雲海盡頭漸趨平緩
連成一條雲平線
所謂連成一條雲平線
那是從月光的左側
往右急速擦過的
一段夜之幻覺
現在火口原中
有一白色光點
正呼喚著我正叫著我嗎

我是大氣層歌劇的演員
鉛筆的筆蓋閃著光
手指的黑影迅速搖動
縮圓嘴唇站著的我
的確是大氣層歌劇的演員
月光與火山岩塊的陰影
對面的黑色巨牆
那是熔岩還是集塊岩，像強有力的肩膀
總之天明後周覽火山口時
會從那裡往這裡
吹起溫暖的風

這就是逆溫
（應當是累了，
我果然想睡了）
火山彈有黑色影子
在妙好的火口丘上
有幾條軌道痕跡
鳥的聲音！
鳥的聲音！
海拔六千八百尺
啼向月光的鳥之聲
鳥終於奮力地鳴叫

我輕鬆地踏步
月亮現在看來有兩個
這果然是疲勞引起的亂視

微弱發光的火山岩塊其中一面
俄里翁如幻怪
環繞月亮的是熟透的瑪瑙與葡萄
呵欠與月光的移變
（別太興奮地跑跳
你一人那沒啥麼
帶著小朋友要遭了什麼

可不是你一人出事而已啊）

火口丘上方天之川的小爆炸
能聽到大家唱的Dekansho
月那銀角的尖端
模糊而變得圓了些
天之海與蛋白石之雲
暖和的空氣
忽地擰著般吹來
一定就像在折射率低
濃稠的蔗糖溶液裡
再加進水的樣子

東方開始沉澱
提燈站在原本的火口上
吹起了口哨
我也走回來
在看到我的影子後提燈也走回來
（那影子應該看似
鐵色背景中的一名修羅）
那想法似乎是錯的
總之是呵欠與人影
天空上的星如微弱散點
亦即天空的模樣已經改變
這次月亮彎縮了起來。

19

東岩手火山

月は水銀、後夜《ごや》の喪主《もしゆ》
火山礫《れき》は夜《よる》の沈澱《ちんでん》
火口の巨《おほ》きなえぐりを見ては
たれもみんな愕くはづだ
（風としづけさ）
いま漂着《ひやうちやく》する薬師外輪山《ぐわいりんざん》
頂上の石標もある
（月光は水銀、月光は水銀）
《こんなことはじつにまれです
向ふの黒い山……つて、それですか

それはここのつづきです
ここのつづきの外輪山です
あすこのてつぺんが絶頂です
向ふの？
向ふのは御室火口です
これから外輪山をめぐるのですけれども
いまはまだなんにも見えませんから
もすこし明るくなつてからにしませう
えゝ　太陽が出なくても
あかるくなつて
西岩手火山のはうの火口湖やなにか

見えるやうにさへなればいいんです
お日さまはあすこらへんで拝みます》
　黒い絶頂の右肩と
　そのときのまつ赤な太陽
　わたくしは見てゐる
　あんまり真赤な幻想の太陽だ
《いまなん時です
三時四十分？
ちやうど一時間
いや四十分ありますから
寒いひとは提灯でも持つて

この岩のかげに居てください》
ああ、暗い雲の海だ
《向ふの黒いのはたしかに早池峰です
線になつて浮きあがつてるのは北上山地です
うしろ?
あれですか、
あれは雲です、柔らかさうですね、
雲が駒ケ岳に被さつたのです
水蒸気を含んだ風が
駒ケ岳にぶつつかつて
上にあがり、

あんなに雲になつたのです。
鳥海山《ちやうかいさん》は見えないやうです、
けれども
夜が明けたら見えるかもしれませんよ》
（柔かな雲の波だ
あんな大きなうねりなら
月光会社の五千噸の汽船も
動揺を感じはしないだらう
その質は
蛋白石、glass-wool
あるひは水酸化礬土の沈澱）

《じつさいこんなことは稀なのです
わたくしはもう十何べんも来てゐますが
こんなにしづかで
そして暖かなことはなかつたのです
麓の谷の底よりも
さつきの九合の小屋よりも
却つて暖かなくらゐです
今夜のやうなしづかな晩は
つめたい空気は下へ沈んで
霜さへ降らせ
暖い空気は

上に浮んで来るのです
これが気温の逆転です》
御室火口の盛《も》りあがりは
月のあかりに照らされてゐるのか
それともおれたちの提灯のあかりか
提灯だといふのは勿体ない
ひわいろで暗い
《それではもう四十分ばかり
寄り合つて待つておいでなさい
さうさう、北はこつちです
北斗七星はいま山の下の方に落ちてゐますが

北斗星はあれです
それは小熊座といふ
あの七つの中なのです
それから向ふに
縦に三つならんだ星が見えませう
下には斜めに房が下つたやうになり
右と左とには
赤と青と大きな星がありませう
あれはオリオンです、オライオンです
あの房の下のあたりに
星雲があるといふのです

いま見えません
その下のは大犬のアルフア
冬の晩いちばん光つて目立《めだ》つやつです
夏の蝎とうら表です
さあみなさん、ご勝手におあるきなさい
向ふの白いのですか
雪ぢやありません
けれども行つてごらんなさい
まだ一時間もありますから
私もスケツチをとります》
はてな、わたくしの帳面の

書いた分がたつた三枚になつてゐる
事によると月光のいたづらだ
藤原が提灯を見せてゐる
ああ頁が折れ込んだのだ
さあでは私はひとり行かう
外輪山の自然な美しい歩道の上を
月の半分は赤銅《しやくどう》、地球照《アースシヤイン》
《お月さまには黒い処もある》
《後藤《どう》又兵衛いつつも拝んだづなす》
私のひとりごとの反響に
小田島治衛《はるゑ》が云つてゐる

《山中鹿之助だらう》
　もうかまはない、歩いていゝ
　　どつちにしてもそれは善《い》いことだ
二十五日の月のあかりに照らされて
薬師火口の外輪山をあるくとき
わたくしは地球の華族である
蛋白石の雲は遥にたゝへ
オリオン、金牛、もろもろの星座
澄み切り澄みわたつて
瞬きさへもすくなく
わたくしの額の上にかがやき

さうだ、オリオンの右肩から
ほんたうに鋼青の壮麗が
ふるえて私にやつて来る

三つの提灯は夢の火口原の
白いとこまで降りてゐる
《雪ですか、雪ぢやないでせう》
困つたやうに返事してゐるのは
雪でなく、仙人草のくさむらなのだ
さうでなければ高陵土《カオリンゲル》
残りの一つの提灯は

一升のところに停つてゐる
それはきつと河村慶助が
外套の袖にぼんやり手を引つ込めてゐる
《御室《おむろ》の方の火口へでもお入りなさい
噴火口へでも入つてごらんなさい
硫黄のつぶは拾へないでせうが》
斯んなによく声がとゞくのは
メガホーンもしかけてあるのだ
しばらく躊躇してゐるやうだ
《先生 中さ入《はい》つてもいがべすか》
《えゝ おはいりなさい 大丈夫です》

提灯が三つ沈んでしまふ
そのでこぼこのまつ黒の線
すこしのかなしさ
けれどもこれはいつたいなんといふいゝことだ
大きな帽子をかぶり
ちぎれた朱子のマントを着て
薬師火口の外輪山の
しづかな月明を行くといふのは

この石標は
下向の道と書いてあるにさういない

火口のなかから提灯が出て来た
宮沢の声もきこえる
雲の海のはてはだんだん平らになる
それは一つの雲平線《うんぴやうせん》をつくるのだ
雲平線をつくるのだといふのは
月のひかりのひだりから
みぎへすばやく擦過した
一つの夜の幻覚だ
いま火口原の中に
一点しろく光《ひか》るもの
わたくしを呼んでゐる呼んでゐるのか

私は気圏オペラの役者です
鉛筆のさやは光り
速かに指の黒い影はうごき
唇を円くして立つてゐる私は
たしかに気圏オペラの役者です
また月光と火山塊のかげ
向ふの黒い巨きな壁は
熔岩か集塊岩、力強い肩だ
とにかく夜があけてお鉢廻りのときは
あすこからこつちへ出て来るのだ
なまぬるい風だ

これが気温の逆転だ
（つかれてゐるな、
わたしはやつぱり睡いのだ）
火山弾には黒い影
その妙好《みやうこう》の火口丘には
幾条かの軌道のあと
鳥の声！
鳥の声！
海抜六千八百尺の
月明をかける鳥の声、
鳥はいよいよしつかりとなき

私はゆつくりと踏み
月はいま二つに見える
やつぱり疲れからの乱視なのだ

かすかに光る火山塊の一つの面
オリオンは幻怪《げんくわい》
月のまはりは熟した瑪瑙と葡萄
あくびと月光の動転《どうてん》

（あんまりはねあるぐなぢやい
汝《うな》ひとりだらいがべあ
子供等《わらしやど》も連れでて目にあへば

汝《うな》ひとりであすまないんだぢやい)

火口丘《くわこうきう》の上には天の川の小さな爆発
みんなのデカンシヨの声も聞える
月のその銀の角のはじが
潰れてすこし円くなる
天の海とオーパルの雲
あたたかい空気は
ふつと撚《より》になつて飛ばされて来る
きつと屈折率も低く
濃い蔗糖溶液《しよたうやうえき》に
また水を加へたやうなのだらう

東は淀み
提灯《ちやうちん》はもとの火口の上に立つ
また口笛を吹いてゐる
わたくしも戻る
わたくしの影を見たのか提灯も戻る
（その影は鉄いろの背景の
　ひとりの修羅に見える筈だ）

さう考へたのは間違ひらしい
とにかくあくびと影ばうし
空のあの辺の星は微かな散点
すなはち空の模様がちがつてゐる
そして今度は月が塞《ちぢ》まる。

松鼠與色鉛筆／

樺樹的彼端太陽朦朧
鐵軌因冰冷露水而滑溜
鐵軌為鞋皮料理而滑溜
松鼠橫越清晨的鐵軌
將要橫越時卻又駐足
尾巴已是 der Herbst
　太陽已朦朧至鮮白
於是松鼠跑了起來
　戟葉蓼的蘋果綠與石竹粉紅
誰割了三角山的草

草割得還挺整齊
像匹綠色的純種馬
　太陽燻黑了白金
一排黑色的杉之槍
早池峰及藥師岳的雲環
就從遠古壁畫的雲母中
浮現而重生
　說想要色鉛筆
可要選施德樓的短筆嗎
雖只要是施德樓的筆都好
但想在下個月就拿到手呀

因為看那山與雲彩的花紋
是如此爛熟而美味

20 栗鼠と色鉛筆／

樺の向ふで日はけむる
つめたい露でレールはすべる
靴革の料理のためにレールはすべる
朝のレールを栗鼠は横切る
横切るとしてたちどまる
尾は der Herbst
　日はまつしろにけむりだし
栗鼠は走りだす
　水そばの苹果緑《アップルグリン》と石竹《ピンク》
たれか三角やまの草を刈つた

ずゐぶんうまくきれいに刈つた
緑いろのサラアブレッド
　日は白金をくすぼらし
　一れつ黒い杉の槍
その早池峰《はやちね》と薬師岳との雲環《うんくわん》は
古い壁画のきららから
再生してきて浮きだしたのだ
　色鉛筆がほしいつて
ステッドラアのみぢかいペンか
ステッドラアのならいいんだが
来月にしてもらひたいな

まああの山と上の雲との模様を見ろ
よく熟してゐてうまいから

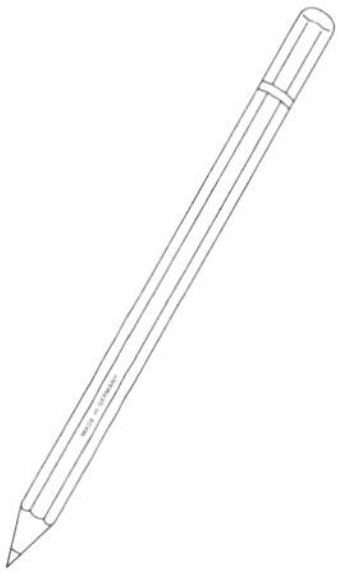

松針／

我採來了剛剛的霙
這是那漂亮的松枝呀
啊啊　妳簡直像撲過來似的
將那綠葉撫在妳熱燙的臉頰
用植物性的青針
激烈地刺進臉頰
甚而如是飢渴地刺
究竟是多想嚇慌我們啊
妳就如此想要去林子中
妳被火熱燒成那副模樣

因汗水與苦痛掙扎扭動時
我在日照下開心地工作
想著別人的事遊走在森林中
《真好啊　真清爽
像是來到林子裡了呢》
如是鳥或松鼠
妳沉浸在森林中
妳是多麼地羨慕我呢
啊啊就在今日決定遠去的妹妹呀
妳真的要獨自前往嗎
快請求我一起去啊

快哭著那樣告訴我啊
　妳的臉龐　可是
　今日那又是多麼美麗吶
　我在綠色的蚊帳上
　放些新鮮的松枝吧
　現在應該還滴著露水呢
　天空
　也應該充滿著
　清新的 terpentine 香氣

21

松の針／

　　さつきのみぞれをとつてきた
　　あのきれいな松のえだだよ
おお　おまへはまるでとびつくやうに
そのみどりの葉にあつい頬をあてる
そんな植物性の青い針のなかに
はげしく頬を刺させることは
むさぼるやうにさへすることは
どんなにわたくしたちをおどろかすことか
そんなにまでもおまへは林へ行きたかつたのだ
おまへがあんなにねつに燃され

あせやいたみでもだえてゐるとき
わたくしは日のてるとこでたのしくはたらいたり
ほかのひとのことをかんがへながら森をあるいてゐた
《ああいい　さつぱりした
まるで林のながさ来たよだ》
鳥のやうに栗鼠《りす》のやうに
おまへは林をしたつてゐた
どんなにわたくしがうらやましかつたらう
ああけふのうちにとほくへさらうとするいもうとよ
ほんたうにおまへはひとりでいかうとするか
わたくしにいつしよに行けとたのんでくれ

泣いてわたくしにさう言つてくれ
おまへの頬の　けれども
なんといふけふのうつくしさよ
わたくしは緑のかやのうへにも
この新鮮な松のえだをおかう
いまに雫もおちるだらうし
そら
さわやかな
terpentine《ターペンテイン》の匂もするだらう

無聲慟哭／

即使眾人守護一旁
妳仍得在此受盡痛苦嗎
當我疏遠那巨大的信的力量
又丟失純真或多數渺小德行
走在黯藍的修羅之道時
妳打算孤寂地前往命定的路途嗎
當我這與妳信仰為同的唯一旅伴
偏離明亮而冷澈的精進之道
哀傷疲累地遊走生滿毒草與螢光菌的漆黑原野時
妳又要獨自去向何方啊

（我的樣子很可怕的吧）
妳露出自棄般的哀痛笑容
卻連我些許的表情
也絕不看漏
只是勇敢問著母親
（沒這回事　可漂亮的
今天可真漂亮的）
這是真的
頭髮更烏黑了
蘋果似的臉頰像個孩子
請帶著美麗的容顏

重生在上天吧
《但身子還是臭的吧？》
《一點也不臭》
真的一點也不臭
反像是夏日原野上
小白花盛開著的氛香
然而我現在卻說不出口
（因為我正走在修羅道上）
我之所以露出悲戚的雙眼
是因為我正凝視著我的兩顆心
啊啊別這樣
傷心地移開妳的視線

22 無声慟哭

こんなにみんなにみまもられながら
おまへはまだここでくるしまなければならないか
ああ巨きな信のちからからことさらにはなれ
また純粋やちいさな徳性のかずをうしなひ
わたくしが青ぐらい修羅をあるいてゐるとき
おまへはじぶんにさだめられたみちを
ひとりさびしく往かうとするか
信仰を一つにするたつたひとりのみちづれのわたくしが
あかるくつめたい精進《しやうじん》のみちからかなしくつかれてゐて
毒草や蛍光菌のくらい野原をただよふとき
おまへはひとりどこへ行かうとするのだ

（おら、おかないふうしてらべ）
何といふあきらめたやうな悲痛なわらひやうをしながら
またわたくしのどんなちいさな表情も
けつして見遁さないやうにしながら
おまへはけなげに母に訊《き》くのだ
（うんにや　ずゐぶん立派だぢやい
けふはほんとに立派だぢやい）
ほんたうにさうだ
髪だつていつさうくろいし
まるでこどもの苹果の頬だ
どうかきれいな頬をして

あたらしく天にうまれてくれ
　《それでもからだくさえがべ？》
　《うんにゃ　いつかう》
ほんたうにそんなことはない
かへつてここはなつののはらの
ちいさな白い花の匂でいつぱいだから
ただわたくしはそれをいま言へないのだ
　　（わたくしは修羅をあるいてゐるのだから）
わたくしのかなしさうな眼をしてゐるのは
わたくしのふたつのこころをみつめてゐるためだ
ああそんなに
かなしく眼をそらしてはいけない

風林／

（槲樹上沒有鳥巢
　因為樹葉喀沙喀沙響著）
這裡的草木實在太粗
想從遠空吸氣
用力砍倒實為不易
在那隨意橫躺著
一排水色學生正在休息
（影子由夜色與鋅合成）
我背向他們
投身進這草叢中

月亮正逐漸失去銀原子
槲樹彎下黑色的背
柳澤的杉比膠體更令人懷念
和尚頭的沼森對面
也沉澱著騎兵聯隊的燈光
《我在這之後可以死啦》
《我也死好了》
（那是沮喪站著的宮澤
　要不然就是小田島國友
　　對面槲樹後方的黑闇
　　正閃閃發光地顫抖

那必定奏著Egmont Overture
是誰說了那種話
我反而覺得不去想更好）
《傳同學　你穿幾件襯衫，穿了三件嗎》
又高又善良的佐藤傳四郎
在月光微弱反照的傍晚
他一定邊扣上襯衫釦子
邊笑出一個彎弧
降落著夜晚的微塵或風的碎片
旁邊流淌的是化為鉛針的深灰月光
《原來　我……》

說到一半為何堀田停下了呢
已落的話音只會寂寞地迴響
想說什麼說出來就好
　（不說的話就要寫到筆記上）
敏子敏子
只要來到原野
佇立風中
一定又會想起妳
妳在那龐巨的木星上嗎
鋼青色壯麗天空的彼方
　（啊啊但在那不知何處的空間

真有光的細繩或是管弦樂團嗎
……這兒啊日子真長
　一日有幾個時也不曉得
只有一段妳送來的音信
某時我在火車上聽見而已）
敏子　我高聲喚看看吧
《手凍僵了》
《手凍僵了？
俊夫總凍得快呀
前陣子釦子還要我扣哩》
俊夫說的是哪個呢　川村那位吧

那個臉色蒼白的喜劇天才「植物醫生」的演員
我不得不跳起來了
《吶　俊夫是哪個俊夫》
《川村》
果然如此
月光令槲樹開心起來
整面槲林都吵啦吵啦響著

23 風林／

（かしはのなかには鳥の巣がない
　あんまりがさがさ鳴るためだ）
ここは艸があんまり粗《あら》く
とほいそらから空気をすひ
おもひきり倒れるにてきしない
そこに水いろによこたはり
一列生徒らがやすんでゐる
（かげはよると亜鉛とから合成される）
それをうしろに
わたくしはこの草にからだを投げる

月はいましだいに銀のアトムをうしなひ
かしははせなかをくろくかがめる
柳沢《やなぎざわ》の杉はなつかしくコロイドよりも
ぼうずの沼森《ぬまもり》のむかふには
騎兵聯隊の灯も澱んでゐる
《ああおらはあど死んでもい》
《おらも死んでもい》
　　（それはしよんぼりたつてゐる宮沢か
　　　さうでなければ小田島国友
　　　　向ふの柏木立のうしろの闇が
　　　　きらきらつといま顫えたのは

Egmont Overture　にちがひない
たれがそんなことを云つたかは
わたくしはむしろかんがへないでいい）
《伝さん　しやつつ何枚、三枚着たの》
せいの高くひとのいい佐藤伝四郎は
月光の反照のにぶいたそがれのなかに
しやつのぼたんをはめながら
きつと口をまげてわらつてゐる
降つてくるものはよるの微塵や風のかけら
よこに鉛の針になつてながれるものは月光のにぶ
《ほお　おら……》

言ひかけてなぜ堀田はやめるのか
おしまひの声もさびしく反響してゐるし
さういふことはいへばいい
　（言はないなら手帳へ書くのだ）
とし子とし子
野原へ来れば
また風の中に立てば
きつとおまへをおもひだす
おまへはその巨きな木星のうへに居るのか
鋼青壮麗のそらのむかふ
　（ああけれどもそのどこかも知れない空間で

光の紐やオーケストラがほんたうにあるのか
…………此処《ここ》あ日あ永《な》あがくて
　一日《いちにち》のうちの何時《いづ》だがもわがらないで……
ただひときれのおまへからの通信が
いつか汽車のなかでわたくしにとどいただけだ）
とし子　わたくしは高く呼んでみやうか
《手凍《かげ》えだ》
《手凍えだ？
　俊夫ゆぐ凍えるな
　こないだもボダンおれさ掛げらせだぢやい》
俊夫といふのはどつちだらう　川村だらうか

あの青ざめた喜劇の天才「植物医師」の一役者
わたくしははね起きなければならない
《おゝ　俊夫てどつちの俊夫》
《川村》
やつぱりさうだ
月光は柏のむれをうきたたせ
かしははいちめんさらさらと鳴る

白鳥／

《那些都是純種馬
　那種馬　誰能去把他押著呀》
《如果不是熟人的話很難》
古樸的鞍掛山下
白頭翁的冠毛搖曳
鮮明的青色樺木下
聚集幾匹茶色馬
泛出優美的光澤
　（日本繪卷內天空的群青色
　或天邊的 turquois 都不稀奇

那麼巨大的心相的光環
　在風景中倒很少見）

兩隻巨大白鳥
尖銳刻骨地交互鳴啼
飛在潮濕的早晨日光中
那是我的妹妹
我死去的妹妹
因為哥哥來了所以啼泣得那麼傷心
　（雖然那姑且是錯的
　　但從沒被說過是錯的）
那麼傷心地啼泣著

飛過早晨的光芒
　（不是早上的日光
　　似乎是成熟而疲憊的午後）
但那也是徹夜走來的
vague 般的銀之錯覺
　（我確實看見今晨那被壓壞融化的金之液體
　　從青色夢中的北上山地往上爬的樣子）
為什麼那兩隻鳥
聽來如此傷心呢
因為我在失去拯救力量的同時
也失去了我的妹妹

雖是因著那份悲傷
（昨夜槲林的月光中
今朝鈴蘭的花叢中
多次我呼喚那名字
於是不知是誰的聲音
從無人原野的盡頭回應
像似在嘲笑我）
雖是因著那份悲傷
但那啼聲確是悲傷的
現在兩隻鳥閃耀著白色飛落
落到遠方濕地的青色蘆葦中

像是要降落而又飛起
（在日本武尊的新御陵前
后妃們跪伏嘆泣
此時正好千鳥起飛
皆認那是武尊御魂
任蘆葦割傷腿腳
沉入海中追去）
清原微笑站著
（被陽光曬得發亮真正的農村小孩
那如菩薩似的面容從犍陀羅而來）
水在發光　是美麗的銀水

（來那邊有水喔
漱口清爽後再繼續走吧
畢竟這原野如此瑰麗）

24 白い鳥／

《みんなサラーブレツトだ
あゝいふ馬　誰行つても押へるにいがべが》
《よつぽどなれたひとでないと》
古風なくらかけやまのした
おきなぐさの冠毛がそよぎ
鮮かな青い樺の木のしたに
何匹かあつまる茶いろの馬
じつにすてきに光つてゐる
　（日本絵巻のそらの群青や
天末の turquois《タコイス》 はめづらしくないが

あんな大きな心相の
光の環《くわん》は風景の中にすくない)
二疋の大きな白い鳥が
鋭くかなしく啼きかはしながら
しめつた朝の日光を飛んでゐる
それはわたくしのいもうとだ
死んだわたくしのいもうとだ
兄が来たのであんなにかなしく啼いてゐる
(それは一応はまちがひだけれども
まつたくまちがひとは言はれない)
あんなにかなしく啼きながら

朝のひかりをとんでゐる
　（あさの日光ではなくて
　　熟してつかれたひるすぎらしい）
けれどもそれも夜どほしあるいてきたための
vague《バーグ》な銀の錯覚なので
　（ちやんと今朝あのひしげて融けた金《キン》の液体が
　　青い夢の北上山地からのぼつたのをわたくしは見た）
どうしてそれらの鳥は二羽
そんなにかなしくきこえるか
それはじぶんにすくふちからをうしなつたとき
わたくしのいもうとをもうしなつた

そのかなしみによるのだが
（ゆふべは柏ばやしの月あかりのなか
けさはすずらんの花のむらがりのなかで
なんべんわたくしはその名を呼び
またたれともわからない声が
人のない野原のはてからこたへてきて
わたくしを嘲笑したことか）
そのかなしみによるのだが
またほんたうにあの声もかなしいのだ
いま鳥は二羽、かゞやいて白くひるがへり
むかふの湿地、青い芦のなかに降りる

降りやうとしてまたのぼる
（日本武尊の新らしい御陵の前に
おきさきたちがうちふして嘆き
そこからたまたま千鳥が飛べば
それを尊のみたまとおもひ
芦に足をも傷つけながら
海べをしたつて行かれたのだ）
清原がわらつて立つてゐる
（日に灼けて光つてゐるほんたうの農村のこども
その菩薩ふうのあたまの容《かたち》はガンダーラから来た）
水が光る　きれいな銀の水だ

（さああすこに水があるよ
口をすゝいでさつぱりして往かう
こんなきれいな野はらだから）

青森輓歌／

行經這種暗夜的平野時
車廂的窗戶全都成了水族館的玻璃
（乾涸的電線桿列
只是忙碌地移動
火車是銀河系的玲瓏透鏡
在巨大氫氣蘋果中飛馳）
在蘋果中奔跑
但這裡到底是哪座車站
圍立燒了枕木做成的柵欄
（八月　晚夜靜寂的 寒天凝膠）

有著扶手的一排柱子
只由懷念的陰影組成
點著兩盞黃色油燈
若看不見
高高的蒼白站長的黃銅棒
那其實也沒有站長的影子
（那間大學的昆蟲學助理
在充滿車廂的液體中
頂著乾淨的蓬亂紅髮
靠在背包上睡得安詳）
我的車子理應是往北去的

在這卻向南邊飛馳
焼杭的柵欄散亂傾倒
遠方黃色的地平線
沉澱著啤酒渣
混著妖異夜晚的陽炎
與落寞心意的閃爍明滅
水色川的水色站
（那是恐怖的水色空虛）
火車逆行同時具希冀的相反性
從這淒涼的幻想中
我必須得盡快浮起

那附近飄滿青色孔雀的羽毛
充滿黃銅睏倦的脂肪酸
車廂的五盞電燈
最終仍液化得冰冷
（我則因為苦痛與疲倦
盡量不去想起
必須想起來的事）
今日午後
在嚴峻的雲光下
我們全都像個笨蛋似地
又拉又推那又重又紅的幫浦

我就是穿上黃衣的隊長
所以很睏也是沒辦法的事
（噢（O）你（du）忙碌的（eiliger）旅伴啊（Geselle）
請別從這裡（Eile doch nicht）那麼快（von）遠去呀（der Stelle）
《普通一年級生 德國的普通一年級生》
到底是誰
突然丟來如此慘烈的尖叫
但卻是普通一年級生
在過了夜半的此刻
還睜著大眼的

只有德國的普通一年級生）

她只一個人
要穿越這麼冷清的車站嗎
朝著不曉得會去到哪的方向
會進入什麼種類的世界也不知道的那條路
只一個人孤單地走去嗎
（那是草或沼澤
或是一棵樹）
《吉兒曾變得蒼藍地坐著喔》
《雖然眼睛睜得這兒麼大
但好像完全沒看到我們呢》

《那伽羅用這麼紅的眼睛盯著
慢慢把圍圈的身子縮起來　像這樣》
《噓，圈子要切斷　來　把手伸出來》
《吉兒看起來藍得透澈呢》
《鳥兒啊，如同撒下種子時一樣
啪地就飛向天空
但吉兒卻不說話》
《那時太陽公公是奇怪的蜜糖色呢》
《吉兒一點都不看我們
我真的很難過》
《剛才在野慈姑旁蹦蹦跳跳的》

《為什麼吉兒不看我們呢
是忘了明明曾跟我們玩得那麼開心嗎》
必須想起來的事
不論如何都必須想起來
敏子把大家都命名為死亡
但採納這套方式
在這之後會去向何方沒人知道
我們空間的方向不能去量測
打算感覺那感覺不到的方向時
任誰都會團團轉
《耳朵嘓地一聲後就完全聽不到了》

如撒嬌般說完後
她看來的確還清楚看著
自己身旁的人物
但聽不到令人懷念的親人聲音
呼吸緩緩停下脈搏不再跳動
然後在我奔臨床前時
那澄淨的眼睛
如似在討索什麼般虛浮轉動
那已經不再看著我們的空間了
之後她究竟感覺到什麼了
還看見我們世界的幻視

聽到我們世界的幻聽嗎
我在她耳邊
從遠方採來聲音
天空或愛或蘋果或風等，一切勢力的快樂根源
我用力用力地叫喚
萬象同歸的非凡生物名號時
她點了兩遍頭並呼出氣
潔白的尖下巴與臉頰搖動
看來像小時候常扮的鬼臉
那樣偶然的表情
但她的確點了頭

《海克爾博士！
你那珍貴的證明
可否交由我擔此重責大任呢》
從瞌睡矽酸的雲中傳來
如冰凍般的卑鄙叫聲是……
（橫越宗谷海峽的夜晚
我徹夜立於甲板
頭頂毫無防備披上陰濕的霧
身體填滿骯髒願望
然後我真要進行挑戰）
確實那時候她點頭了

因為直到隔天早晨
胸口都還這麼溫熱
或許在我們哭喊死掉了之後
敏子還感覺到這世界的身體
在沒有高熱與病痛的睡眠中
就像在這裡做的一樣做著夢
然後我不停地祈求
那些延續到下個世界的寧靜夢幻
能多麼明亮芬芳
那些夢中的片段
　其實疲於照護與悲傷而睡

重子們在黎明中
愣愣地進來
《我也摘些小黃花好唄》
敏子確實在那個早晨
還留在這個世界的夢境裡
一個人走在
被風堆滿落葉的原野上
像其他人一樣悄聲說著話
然後逕自走入荒涼的林子
變成一隻鳥了嗎
一邊聽著風中 l'estudiantina

在潺潺流水的黑暗林子中
哀戚地唱著遠飛而去嗎
最後與小巧的螺旋槳般
發出振翅聲響的新朋友們
一起高唱天真的鳥之歌
無依無靠遊蕩遠去嗎

我怎樣都不那麼想

為什麼不能互通音信
其實可以，而我接收到的訊息
與母親夏夜照顧妳時見到的夢相同
為何我就不能如實那樣想呢

那些人世之夢淡去
感受天空破曉的薔薇色
感受全新且清晰的感官
感受日光煙霧般的綾羅
閃耀並隱約笑著
穿越在華麗的雲朵或沁涼的味道間
彼此交錯的光之棒
往我們稱為上方的不可思議方位
一邊驚訝於那些燦爛種種
一邊比大循環的風更清新地飛昇上去
我甚至可以尋訪那些蹤跡

在那裡眺望碧藍的寂靜湖水
訝異於太過平滑而耀眼的水面
未知的全反射方法
以及正確映照
天光濤然搖曳的樹列之景
最後因知道那是自然而然拋光的
天上的琉璃地面而全心打顫
化為細繩流奏的上天樂音
穿上瓔珞或妖豔的綾羅
毫不移動且安靜地交相來往
巨大的裸足生物

飄渺記憶裡的花香
她是否安靜地站在那些事物中呢
還是聽不到我們的聲音後
在那裡看見了
暗紅色的又深又險惡的伽藍洞
有意識的蛋白質破碎時的慘叫
亞硫酸與笑氣的臭味
她在這之中蒼白地站著
不知是站著還是踉蹌走著
兩手遮住臉頰如夢自身般站立
（我此刻感受到的這些

究竟是不是真實的呢
我看見的這些事物
到底可不可能發生呢
然我真的看著呀）
像這樣獨自嘆息也說不定……
我這孤寂的想像
全都是夜晚所致
等夜明後靠近海岸
波光粼粼時
說不定什麼都好起來了
可是敏子的死

至今我都不認為是夢
不得不每每驚慌失措
是太過殘酷的現實了
感受變得太過新鮮時
將其概念化
是為了避免發瘋的
生物體的一項自衛機制
但總不能一直保護下去
她失去在這裡的感官後
究竟得到什麼樣的新身體
感受到什麼樣的感官呢

我都想了幾次這種事呢
從昔日多數實驗中
俱舍講述了方才所示之事
不能重蹈上面覆轍
表面是軟玉及銀的單子
半月噴滿了瓦斯
月光滿遍
直至捲積雲的內臟
那成為詭異的螢光板
終散發奇特的蘋果香
穿進平滑冰涼的玻璃窗

不只是因為青森
大抵月亮在這樣的黎明前
滿天捲積雲時……

《喂喂，那臉色有些蒼白唷》

給我閉嘴
我妹妹臨終的臉
是蒼白還是焦黑
都輪不到你來說三道四
她不論墮向何處
都已入無上道
充滿力量前去此道者

不論哪個空間都能奮勇投身其中
東之鋼就快要展露光芒
今天的：：昨天的午後
我們將那又重又紅的幫浦……
《再告訴你一件事吧
吶　其實
那個時候眼睛很白唷
沒辦法馬上瞑目唷》
還在嗎
明明就快天亮了
如一切自然而有

璀璨之物依然璀璨
妳的武器或所有事物
對妳而言黯淡恐怖
其實快樂而光明

《大家昔日都是兄弟姊妹
絕對不能丟下她一個人》

是啊　我絕不會那麼做
她亡故後的日日夜夜
只要她去向好地方就好
我想我從未有一次
如此祈禱過

25 青森挽歌／

こんなやみよののはらのなかをゆくときは
客車のまどはみんな水族館の窓になる
（乾いたでんしんばしらの列が
せはしく遷つてゐるらしい
きしやは銀河系の玲瓏《れいらう》レンズ
巨きな水素のりんごのなかをかけてゐる）
りんごのなかをはしつてゐる
けれどもここはいつたいどこの停車場《ば》だ
枕木を焼いてこさえた柵が立ち
（八月の　よるのしづまの　寒天《アガア》凝膠《ゼル》）

支手のあるいちれつの柱は
なつかしい陰影だけでできてゐる
黄いろなランプがふたつ点《つ》き
せいたかくあほじろい駅長の
真鍮棒もみえなければ
じつは駅長のかげもないのだ
（その大学の昆虫学の助手は
　こんな車室いつぱいの液体のなかで
　油のない赤髪《け》をもぢやもぢやして
　かばんにもたれて睡つてゐる）
わたくしの汽車は北へ走つてゐるはづなのに

ここではみなみへかけてゐる
焼杭の柵はあちこち倒れ
はるかに黄いろの地平線
それはビーアの澱《おり》をよどませ
あやしいよるの　陽炎と
さびしい心意の明滅にまぎれ
水いろ川の水いろ駅
　（おそろしいあの水いろの空虚なのだ）
汽車の逆行は希求《ききう》の同時な相反性
こんなさびしい幻想から
わたくしははやく浮びあがらなければならない

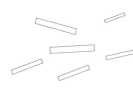

そこらは青い孔雀のはねでいつぱい
真鍮の睡さうな脂肪酸にみち
車室の五つの電燈は
いよいよつめたく液化され
　（考へださなければならないことを
　わたくしはいたみやつかれから
　なるべくおもひださうとしない）
今日のひるすぎなら
けはしく光る雲のしたで
まつたくおれたちはあの重い赤いポムプを
ばかのやうに引つぱつたりついたりした

おれはその黄いろな服を着た隊長だ
だから睡いのはしかたない
（おゝ（オー）おまへ（ヅウ） せわしい（アイリーガー）みちづれよ（ゲゼルレ）
どうかここ（アイレドッホ）から（ニヒト）急いで（フォン）去らな（デヤ）いでくれ（ステルレ）
《尋常一年生 ドイツの尋常一年生》
いきなりそんな悪い叫びを
投げつけるのはいつたいたれだ
けれども尋常一年生だ
夜中を過ぎたいまごろに
こんなにぱつちり眼をあくのは

ドイツの尋常一年生だ）
あいつはこんなさびしい停車場を
たつたひとりで通つていつたらうか
どこへ行くともわからないその方向を
どの種類の世界へはいるともしれないそのみちを
たつたひとりでさびしくあるいて行つたらうか

（草や沼やです
一本の木もです）
《ギルちやんまつさをになつてすわつてゐたよ》
《こおんなにして眼は大きくあいてたけど
ぼくたちのことはまるでみえないやうだつたよ》

《ナーガラがね　眼をぢつとこんなに赤くして
だんだん環をちいさくしたよ　こんなに》
《し、環をお切り　そら　手を出して》
《ギルちやん青くてすきとほるやうだつたよ》
《鳥がね、たくさんたねまきのときのやうに
ばあつと空を通つたの
でもギルちやんだまつてゐたよ》
《お日さまあんまり変に飴いろだつたわねえ》
《ギルちやんちつともぼくたちのことみないんだもの
ぼくほんたうにつらかつた》
《さつきおもだかのとこであんまりはしやいでたねえ》

《どうしてギルちやんぼくたちのことみなかつたらう
　忘れたらうかあんなにいつしよにあそんだのに》
かんがへださなければならないことは
どうしてもかんがへださなければならない
とし子はみんなが死ぬとなづける
そのやりかたを通つて行き
それからさきどこへ行つたかわからない
それはおれたちの空間の方向ではかられない
感ぜられない方向を感じやうとするときは
たれだつてみんなぐるぐるする
《耳ごうど鳴つてさつぱり聞けなぐなつたんちやい》

さう甘へるやうに言つてから
たしかにあいつはじぶんのまはりの
眼にははつきりみえてゐる
なつかしいひとたちの声をきかなかつた
にはかに呼吸がとまり脈がうたなくなり
それからわたくしがはしつて行つたとき
あのきれいな眼が
なにかを索めるやうに空しくうごいてゐた
それはもうわたくしたちの空間を二度と見なかつた
それからあとであいつはなにを感じたらう
それはまだおれたちの世界の幻視をみ

おれたちのせかいの幻聴をきいたらう
わたくしがその耳もとで
遠いところから声をとつてきて
そらや愛やりんごや風、すべての勢力のたのしい根源
万象同帰のそのいみじい生物の名を
ちからいつぱいちからいつぱい叫んだとき
あいつは二へんうなづくやうに息をした
白い尖つたあごや頬がゆすれて
ちいさいときよくおどけたときにしたやうな
あんな偶然な顔つきにみえた
けれどもたしかにうなづいた

《ヘツケル博士！
　わたくしがそのありがたい証明の
　任にあたつてもよろしうございます》
仮睡硅酸《かすゐけいさん》の雲のなかから
凍らすやうなあんな卑怯な叫び声は……
（宗谷海峡を越える晩は
　わたくしは夜どほし甲板に立ち
　あたまは具へなく陰湿の霧をかぶり
　からだはけがれたねがひにみたし
　そしてわたくしはほんたうに挑戦しやう）
たしかにあのときはうなづいたのだ

そしてあんなにつぎのあさまで
胸がほとつてゐたくらゐだから
わたくしたちが死んだといつて泣いたあと
とし子はまだまだこの世かいのからだを感じ
ねつやいたみをはなれたほのかなねむりのなかで
ここでみるやうなゆめをみてゐたかもしれない
そしてわたくしはそれらのしづかな夢幻が
つぎのせかいへつゞくため
明るいいゝ匂のするものだつたことを
どんなにねがふかわからない
ほんたうにその夢の中のひとくさりは
　かん護とかなしみとにつかれて睡つてゐた

おしげ子たちのあけがたのなかに
ぼんやりとしてはいつてきた
《黄いろな花こ　おらもとるべがな》
たしかにとし子はあのあけがたは
まだこの世かいのゆめのなかにゐて
落葉の風につみかさねられた
野はらをひとりあるきながら
ほかのひとのことのやうにつぶやいてゐたのだ
そしてそのままさびしい林のなかの
いつぴきの鳥になつただらうか
l'estudiantina　を風にききながら

水のながれる暗いはやしのなかを
かなしくうたつて飛んで行つたらうか
やがてはそこに小さなプロペラのやうに
音をたてゝ飛んできたあたらしいともだちと
無心のとりのうたをうたひながら
たよりなくさまよつて行つたらうか
　　わたくしはどうしてもさう思はない

なぜ通信が許されないのか
許されてゐる、そして私のうけとつた通信は
母が夏のかん病のよるにゆめみたとおなじだ
どうしてわたくしはさうなのをさうと思はないのだらう

それらひとのせかいのゆめはうすれ
あかつきの薔薇いろをそらにかんじ
あたらしくさはやかな感官をかんじ
日光のなかのけむりのやうな羅《うすもの》をかんじ
かがやいてほのかにわらひながら
はなやかな雲やつめたいにほひのあひだを
交錯するひかりの棒を過ぎり
われらが上方とよぶその不可思議な方角へ
それがそのやうであることにおどろきながら
大循環の風よりもさはやかにのぼつて行つた
わたくしはその跡をさへたづねることができる

そこに碧い寂かな湖水の面をのぞみ
あまりにもそのたひらかさとかがやきと
未知な全反射の方法と
さめざめとひかりゆすれる樹の列を
ただしくうつすことをあやしみ
やがてはそれがおのづから研かれた
天のる璃の地面と知つてこゝろわななき
紐になつてながれるそらの楽音
また瓔珞やあやしいうすものをつけ
移らずしかもしづかにゆききする
巨きなすあしの生物たち

遠いほのかな記憶のなかの花のかほり
それらのなかにしづかに立つたらうか
それともおれたちの声を聴かないのち
暗紅色の深くもわるいがらん洞と
意識ある蛋白質の砕けるときにあげる声
亜硫酸や笑気《せうき》のにほひ
これらをそこに見るならば
あいつはその中にまつ青になつて立ち
立つてゐるともよろめいてゐるともわからず
頬に手をあててゆめそのもののやうに立ち
（わたくしがいまごろこんなものを感ずることが

いつたいほんたうのことだらうか
わたくしといふものがこんなものをみることが
いつたいありうることだらうか
そしてほんたうにみてゐるのだ）と
斯ういつてひとりなげくかもしれない……
わたくしのこんなさびしい考は
みんなよるのためにでるのだ
夜があけて海岸へかかるなら
そして波がきらきら光るなら
なにもかもみんないいかもしれない
けれどもとし子の死んだことならば

いまわたくしがそれを夢でないと考へて
あたらしくぎくつとしなければならないほどの
あんまりひどいげんじつなのだ
感ずることのあまり新鮮にすぎるとき
それをがいねん化することは
きちがひにならないための
生物体の一つの自衛作用だけれども
いつでもまもつてばかりゐてはいけない
ほんたうにあいつはここの感官をうしなつたのち
あらたにどんなからだを得
どんな感官をかんじただらう

なんべんこれをかんがへたことか
むかしからの多数の実験から
倶舎がさつきのやうに云ふのだ
二度とこれをくり返してはいけない
おもては軟玉《なんぎよく》と銀のモナド
半月の噴いた瓦斯でいつぱいだ
巻積雲のはらわたまで
月のあかりはしみわたり
それはあやしい蛍光板《けいくわうばん》になつて
いよいよあやしい苹果の匂を発散し
なめらかにつめたい窓硝子さへ越えてくる

青森だからといふのではなく
大てい月がこんなやうな暁ちかく
巻積雲にはいるとき……
《おいおい、あの顔いろは少し青かつたよ》
だまつてゐろ
おれのいもうとの死顔が
まつ青だらうが黒からうが
きさまにどう斯う云はれるか
あいつはどこへ堕ちやうと
もう無上道に属してゐる
力にみちてそこを進むものは

どの空間にでも勇んでとびこんで行くのだ
ぢきもう東の鋼もひかる
ほんたうにけふの…きのふのひるまなら
おれたちはあの重い赤いポムプを…
《もひとつきかせてあげやう
ね　じつさいね
あのときの眼は白かつたよ
すぐ瞑りかねてゐたよ》
まだいつてゐるのか
もうぢきよるはあけるのに
すべてあるがごとくにあり

かゞやくごとくにかがやくもの
おまへの武器やあらゆるものは
おまへにくらくおそろしく
まことはたのしくあかるいのだ
　《みんなむかしからのきやうだいなのだから
　　けつしてひとりをいのつてはいけない》
ああ　わたくしはけつしてさうしませんでした
あいつがなくなつてからあとのよるひる
わたくしはただの一どたりと
あいつだけがいいとこに行けばいいと
さういのりはしなかつたとおもひます

鈴谷平原／

一隻蜂飛去
如琥珀工藝的春之器械
是隻藍眼的沙泥蜂
　（出現在我身旁的那隻蜂
　完美遵守拋物線的軌跡
　飛向冷清的未知去）
青綠的貓尾草穗開心地搖曳著
但就算開心地搖曳著
一如莊嚴彌撒與雲環
也非與憂傷或悲愴對立

所以又一隻新的蜂飛來
環繞在我周圍
螫了我
擱在荊棘與灌木上的赤腳
這種秋天浮雲朦朧的日子
鈴谷平野山邊荒廢的火燒痕
我卻這麼歡喜地坐著
那些燒焦的椴松
筆直朝天挺立而被風加拿大式地吹拂
生長得比夢還高的白樺
為藍天點綴少許新葉

並被三稜鏡搓揉
（後方是一片翠綠啊
想用來當聖誕樹般的
蒼翠的椴松
生滿整片大地）
一大面的柳蘭群落
開出光與霧紫色的花
遠方與近處都糊成一片
（孤沙錐也啼叫
這應該是孤沙錐的發動機）
今晚我要帶著一堆標本

橫越宗谷海峽
所以風聲像是火車
流淌的是兩條茶色
不是蛇是一隻松鼠
可疑地看向這邊
（這次風聽來
像大家熙熙攘攘的說話聲
後方的遠山下
傳來好摩的冬季藍天會落下般的
通徹的巨大清嗓聲
這應該是薩哈林遠古的誰）

26

鈴谷平原／

蜂が一ぴき飛んで行く
琥珀細工の春の器械
蒼い眼をしたすがるです
　（私のとこへあらはれたその蜂は
　ちやんと抛物線の図式にしたがひ
　さびしい未知へとんでいつた）
チモシイの穂が青くたのしくゆれてゐる
それはたのしくゆれてゐるといつたところで
荘厳ミサや雲環《うんくわん》とおなじやうに
うれひや悲しみに対立するものではない

だから新らしい蜂がまた一疋飛んできて
ぼくのまはりをとびめぐり
また茨や灌木にひつかかれた
わたしのすあしを刺すのです
こんなうるんで秋の雲のとぶ日
鈴谷平野の荒さんだ山際の焼け跡に
わたくしはこんなにたのしくすわつてゐる
ほんたうにそれらの焼けたとゞまつが
まつすぐに天に立つて加奈太式に風にゆれ
また夢よりもたかくのびた白樺が
青ぞらにわづかの新葉をつけ

三稜玻璃にもまれ
（うしろの方はまつ青ですよ
クリスマスツリーに使ひたいやうな
あをいまつ青いとどまつが
いつぱいに生えてゐるのです）
いちめんのやなぎらんの群落が
光ともやの紫いろの花をつけ
遠くから近くからけむつてゐる
（さはしぎも啼いてゐる
たしかさはしぎの発動機だ）
こんやはもう標本をいつぱいもつて

わたくしは宗谷海峡をわたる
だから風の音が汽車のやうだ
流れるものは二条の茶
蛇ではなくて一ぴきの栗鼠
いぶかしさうにこつちをみる
（こんどは風が
みんなのがやがやしたはなし声にきこえ
うしろの遠い山の下からは
好摩の冬の青ぞらから落ちてきたやうな
すきとほつた大きなせきばらひがする
これはサガレンの古くからの誰かだ）

風景與音樂盒／

雲朵漸漸蓋住
充滿水果清甜的香味
冰涼的銀製薄明穹
黑曜扁柏或柏杉之中
一匹馬緩緩前來
上頭坐著一名農夫
農夫的半身左右
溶在林木或那附近的銀原子裡
一邊想著自己也可以溶化
與大頭的曖昧的馬一起緩緩靠近

乖巧垂著頭乾巴巴的南部馬
黑色巨大的松倉山這側
是一點的大麗菊複合體
那盞電燈的企畫
正像是九月的寶石
對那電燈的獻策者
我要送他藍色的番茄
不論怎麼照著這些濕路
還是剛塗上礦物雜酚油的欄杆
畢竟兩條電線都在虛偽的虛無中發光
並不曉得風景是否被照得深遠透明

下面溪水轟隆流去
黑天鵝胸毛的集塊奔流過
薄明穹清朗的銀與蘋果
《啊啊　月亮出來了》
六日的光月真被銳利的秋之粉
或玻璃碎末的雲角
削尖如紫磨銀彩
橋上的欄杆還落著許多雨珠
湧現出極為懷念的回憶
水如安祥的膠朧體
我在這過透明的景色中

被松倉山或五間森粗糙的石英安山岩火山栓
放出的剽悍刺客
暗殺也沒關係
　（因為我的確砍了那棵樹）
　　（杉樹黑色頂端刺穿天空木椀）
風若撕碎一半口哨帶來給我
　　（可憐的二重感覺的機關）
我看著古印度的青草
那邊的水打上懸崖
如蔥一般往兩旁錯開
風吹得如此熟練

半月的表面都被吹得乾淨朗晰
所以我的洋傘
啪搭啪搭地說了一會
就倒在濕潤的橋板上
松倉山松倉山尖挺漆黑的惡魔站立於鉍之空
電燈熟得通透
再吹完這陣風
便簡直像是一劫起始之風
一片浮升到天空的黎明主題
電線與恐怖的玉髓雲片
從那裡升起毫無頭緒的巨大藍星

（這是數次愛戀的贖罪）
那麼恐怖的蛤蟆色雲
與我的上衣一同飄揚
（快快轉動音樂盒吧）
月亮忽然裂為兩半
一群雲掩出盲目黑暈並橫越光面
（快快平息吧五間森
就算樹被砍了也快平息吧）

27

風景とオルゴール／

爽かなくだもののにほひに充ち
つめたくされた銀製の薄明穹《はくめいきう》を
雲がどんどんかけてゐる
黒曜《こくやう》ひのきやサイプレスの中を
一疋の馬がゆつくりやつてくる
ひとりの農夫が乗つてゐる
もちろん農夫はからだ半分ぐらゐ
木《こ》だちやそこらの銀のアトムに溶け
またじぶんでも溶けてもいいとおもひながら
あたまの大きな曖昧な馬といつしよにゆつくりくる

首を垂れておとなしくがさがさした南部馬
黒く巨きな松倉山のこつちに
一点のダアリア複合体
その電燈の企画《プラン》なら
じつに九月の宝石である
その電燈の献策者に
わたくしは青い蕃茄《トマト》を贈る
どんなにこれらのぬれたみちや
クレオソートを塗つたばかりのらんかんや
電線も二本にせものの虚無《きよむ》のなかから光つてゐるし
風景が深く透明にされたかわからない

下では水がごうごう流れて行き
薄明穹の爽かな銀と苹果とを
黒白鳥のむな毛の塊が奔り
　《ああ　お月さまが出てゐます》
ほんたうに鋭い秋の粉や
玻璃末《はりまつ》の雲の稜に磨かれて
紫磨銀彩《しまぎんさい》に尖つて光る六日の月
橋のらんかんには雨粒がまだいつぱいついてゐる
なんといふこのなつかしさの湧あがり
水はおとなしい膠朧体だし
わたくしはこんな過透明《くわとうめい》な景色のなかに

松倉山や五間森《ごけんもり》荒つぽい石英安山岩《デサイト》の岩頸から
放たれた剽悍な刺客に
暗殺されてもいいのです
（たしかにわたくしがその木をきつたのだから）
（杉のいただきは黒くそらの椀を刺し）
風が口笛をはんぶんちぎつて持つてくれば
（気の毒な二重感覚の機関）
わたくしは古い印度の青草をみる
崖にぶつつかるそのへんの水は
葱のやうに横に外《そ》れてゐる
そんなに風はうまく吹き

半月の表面はきれいに吹きはらはれた
だからわたくしの洋傘は
しばらくぱたぱた言つてから
ぬれた橋板に倒れたのだ
松倉山松倉山尖つてまつ暗な悪魔蒼鉛の空に立ち
電燈はよほど熟してゐる
風がもうこれつきり吹けば
まさしく吹いて来る劫《カルパ》のはじめの風
ひときれそらにうかぶ暁のモティーフ
電線と恐ろしい玉髄《キャルセドニ》の雲のきれ
そこから見当のつかない大きな青い星がうかぶ

（何べんの恋の償ひだ）
そんな恐ろしいがまいろの雲と
わたくしの上着はひるがへり
（オルゴールをかけろかけろ）
月はいきなり二つになり
盲ひた黒い暈をつくつて光面を過ぎる雲の一群
（しづまれしづまれ五間森
木をきられてもしづまるのだ）

火藥與紙幣／

一面紅色茅穗
雲比喀什產的蘋果果肉更冰涼
鳥一同驚飛
撒落散拍的樂譜
　燃燒舊枕木蓋起的
黑色養路小屋的秋天中
四面體聚形的一名工人
用美國風的馬口鐵罐
應該正揉捏著小麥麵粉
又有一撮鳥，從天空撒落

在一片冷雲下散開
這次巧妙運用引力法則
聚到遠方吉利亞克的電線上
　紅色礙子上
那些可憐的麻雀們
吹起口哨或吸入新鮮濃烈空氣
誰都會變得可憐
每座森林都群青地哭泣
松林的地被皆隨處剝落
酸性土壤也快十月了
　我的衣服早已 thread-bare

從那陰影中
對面健壯的土木工人打了噴嚏
像是冰河入海
白雲的眾多支流
都注入枯乾的原野
所以我平常絕對不看
小三角的前山等等
也白而清晰地浮顯出來
栗樹樹梢的馬賽克
與馬口鐵工藝的柳葉
水邊堅硬的鮮黃榲桲

結實纍纍至枝椏斷裂
　（這次要再撒落……
　　哼，正如日本山雀一樣）
雲朵蜷縮發出刺眼的光
我戴上大帽子
目中無人地走過原野
我再也不需要其他東西
我也不想要火藥或磷或大張紙幣

28

火薬と紙幣／

萱の穂は赤くならび
雲はカシユガル産の苹果の果肉よりもつめたい
鳥は一ぺんに飛びあがつて
ラツグの音譜をばら撒きだ
　古枕木を灼いてこさえた
　黒い保線小屋の秋の中では
　四面体聚形《しゆうけい》の一人の工夫が
　米国風のブリキの缶で
　たしかメリケン粉を捏《こ》ねてゐる
鳥はまた一つまみ、空からばら撒かれ

一ぺんつめたい雲の下で展開し
こんどは巧に引力の法則をつかつて
遠いギリヤークの電線にあつまる
　　赤い碍子のうへにゐる
そのきのどくなすゞめども
口笛を吹きまた新らしい濃い空気を吸へば
たれでもみんなきのどくになる
森はどれも群青に泣いてゐるし
松林なら地被もところどころ剥げて
酸性土壌ももう十月になつたのだ
　　私の着物もすつかり thread-bare

　その陰影のなかから
　逞ましい向ふの土方がくしやみをする
氷河が海にはいるやうに
白い雲のたくさんの流れは
枯れた野原に注いでゐる
　だからわたくしのふだん決して見ない
　小さな三角の前山なども
　はつきり白く浮いてでる
栗の梢のモザイックと
鉄葉細工《ぶりきざいく》のやなぎの葉
水のそばでは堅い黄いろなまるめろが

枝も裂けるまで実つてゐる
　（こんどばら撒いてしまつたら……
　　ふん、ちやうど四十雀のやうに）
雲が縮れてぎらぎら光るとき
大きな帽子をかぶつて
野原をおほびらにあるけたら
おれはそのほかにもうなんにもいらない
火薬も燐も大きな紙幣もほしくない

一本木野／

松樹突然變得明亮
原野忽地拓展開
無邊無際的枯草燃於太陽
電線桿溫柔地列著白色礙子
我想應該會遠遠直到白令市
清朗的海蒼之天
與清淨後的人願
落葉松再次回春萌芽
幻聽的透明雲雀
七時雨的青色起伏

亦於心象之中起伏
一叢柳樹
是窩瓦河岸邊的那柳樹
藏於天椀的孔雀石後
藥師岱赭嚴峻尖銳的隆起
火口的雪刻進每條皺紋
鞍卦山敏感的稜線
將星雲抬升到藍天
（喂　槲樹
你這傢伙的小名
真叫作山中菸草之木嗎）

用半天慢慢悠走在
這麼明亮的穹窿與草之間
是多麼有福的事啊
我能用磔刑來交換
甚至換取只與戀人見上一眼
（喂　山中菸草之木
　你要是跳些太奇怪的舞
可會被說是未來派喲）
我是森林與原野的戀人
若沙沙地穿梭在蘆葦間
恭敬折好的綠色通訊

不知何時就會放在口袋裡
若走在森林的暗處
弦月形的嘴唇痕跡
就會沾滿胳臂與長褲

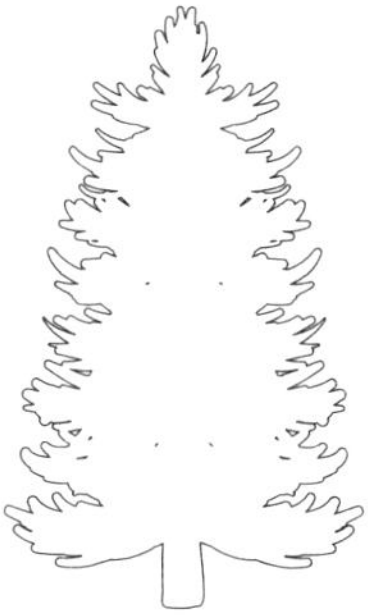

29

一本木野／

松がいきなり明るくなつて
のはらがぱつとひらければ
かぎりなくかぎりなくかれくさは日に燃え
電信ばしらはやさしく白い碍子をつらね
ベーリング市までつづくとおもはれる
すみわたる海蒼《かいさう》の天と
きよめられるひとのねがひ
からまつはふたたびわかやいで萌え
幻聴の透明なひばり
七時雨《ななしぐれ》の青い起伏は

また心象のなかにも起伏し
ひとむらのやなぎ木立は
ボルガのきしのそのやなぎ
天椀《てんわん》の孔雀石にひそまり
薬師岱赭《やくしたいしや》のきびしくするどいもりあがり
火口の雪は皺ごと刻み
くらかけのびんかんな稜は
青ぞらに星雲をあげる
（おい　かしは
てめいのあだなを
やまのたばこの木つていふつてのはほんたうか）

こんなあかるい穹窿《きうりう》と草を
はんにちゆつくりあるくことは
いつたいなんといふおんけいだらう
わたくしはそれをはりつけとでもとりかへる
こひびととひとめみることでさへさうでないか
　　（おい　やまのたばこの木
　　　あんまりへんなおどりをやると
　　　未来派だつていはれるぜ）
わたくしは森やのはらのこひびと
芦《よし》のあひだをがさがさ行けば
つつましく折られたみどりいろの通信は

いつかぽけつとにはいつてゐるし
はやしのくらいとこをあるいてゐると
三日月《みかづき》がたのくちびるのあとで
肱やずぼんがいつぱいになる

冬天與銀河車站／

天空飛著沙塵似的小鳥
陽炎或青色的希臘文字
匆忙地燒在原野的雪上
帕仙大街道的扁柏上
冰凍的露珠燦爛滴落
銀河車站的遠方信號機
今朝也赤紅地沉澱
河川明明漂來許多流冰
但大家都穿上生橡膠長靴
披上狐狸或狗毛皮

逛著陶器的攤販
或品鑑掛上的章魚
這是那熱鬧的土澤冬日集市
（榿樹跟耀眼的雲之酒精
　那裡槲寄生的黃金瓔
　也深深地發亮）
啊啊　Josef Pasternack 所指揮
這個冬天的銀河輕便鐵道
穿過幾層纖柔的冰
（電線桿的紅色礙子與松樹森林）
掛著虛假的金色金屬

茶色眼瞳凜然睜開
寒冷的青濛天椀下
奔馳在風和日麗的白雪台地
（玻璃窗上的冰羊齒
　漸漸化為白色煙氣）
帕仙大街道的扁柏上
露珠燃燒著一齊滑落
彈起的綠枝
紅玉跟黃玉又或各色光譜
儼然如市場般熱切地交易

30

冬と銀河ステーション／

そらにはちりのやうに小鳥がとび
かげらふや青いギリシヤ文字は
せはしく野はらの雪に燃えます
パッセン大街道のひのきからは
凍つたしづくが燦々《さんさん》と降り
銀河ステーションの遠方シグナルも
けさはまつ赤《か》に澱んでゐます
川はどんどん氷《ザエ》を流してゐるのに
みんなは生《なま》ゴムの長靴をはき
狐や犬の毛皮を着て

陶器の露店をひやかしたり
ぶらさがつた章魚《たこ》を品さだめしたりする
あのにぎやかな土沢の冬の市日《いちび》です
（はんの木とまばゆい雲のアルコホル
あすこにやどりぎの黄金のゴールが
さめざめとしてひかつてもいい）
あゝ Josef Pasternack の指揮する
この冬の銀河軽便鉄道は
幾重のあえかな氷をくぐり
（でんしんばしらの赤い碍子と松の森）
にせものの金のメタルをぶらさげて

茶いろの瞳をりんと張り
つめたく青らむ天椀の下
うららかな雪の台地を急ぐもの
（窓のガラスの氷の羊歯は
　だんだん白い湯気にかはる）
パッセン大街道のひのきから
しづくは燃えていちめんに降り
はねあがる青い枝や
紅玉やトパースまたいろいろのスペクトルや
もうまるで市場のやうな盛んな取引です

[如果穿過這森林] ／

若是穿過這森林
路就轉回剛剛的水車
鳥啼得刺眼
那應該是渡冬的斑點鶇群
銀河南端徹夜
發出白光爆炸
螢火蟲四處紛飛
而且風也毫不間斷搖晃樹木
所以鳥才掉落而無眠
喧鬧得如此厲害吧

但是
我才剛踏入森林一步
就這麼激烈
就這麼更是激烈地
簡直像是陣雨般嚎泣般
還真是奇怪的一群傢伙啊
這裡是廣大的羅漢柏林
那一枝枝深黑枝椏之間
四處的天空碎片
各式各樣地顫抖或呼吸
送來可說是所有年代的

光之目錄

……因為鳥實在太吵亂
所以我呆立著……
道路延伸到微白的遠方
從一棵樹木的坑窪
升起濁紅的火星
只有兩隻鳥不知何時來到
神氣地吱吱作響後飛走
啊啊風吹來溫暖或銀的分子
遞來所有四面體的感觸
螢火蟲若飛得更紊亂

鳥便啼叫得比雨聲更頻繁
我從森林深處盡頭
聽到死去妹妹的聲音
……就算不是這樣
誰都是相同的
誰都不會懷想新思……
草叢悶氣與扁柏香味
鳥更加吵鬧喧囂
為什麼鬧成這樣呢
引水到田地的人們
即使躡著腳走在森林邊

即使南方天空偶劃過流星
那都不危險
安靜地沉睡也沒關係的

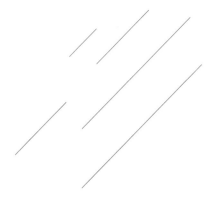

31

〔この森を通りぬければ〕／

この森を通りぬければ
みちはさっきの水車へもどる
鳥がぎらぎら啼いてゐる
たしか渡りのつぐみの群だ
夜どほし銀河の南のはじが
白く光って爆発したり
蛍があんまり流れたり
おまけに風がひっきりなしに樹をゆするので
鳥は落ちついて睡られず
あんなにひどくさわぐのだらう

けれども
わたくしが一あし林のなかにはいったばかりで
こんなにはげしく
こんなに一さうはげしく
まるでにはか雨のやうになくのは
何といふおかしなやつらだらう
ここは大きなひばの林で
そのまっ黒ないちいちの枝から
あちこち空のきれぎれが
いろいろにふるえたり呼吸したり
云はゞあらゆる年代の

光の目録《カタログ》を送ってくる
　……鳥があんまりさわぐので
　　私はぼんやり立ってゐる……
みちはほのじろく向ふへながれ
一つの木立の窪みから
赤く濁った火星がのぼり
鳥は二羽だけいつかこっそりやって来て
何か冴え冴え軋って行った
あゝ風が吹いてあたたかさや銀の分子
あらゆる四面体の感触を送り
蛍が一さう乱れて飛べば

鳥は雨よりしげくなき
わたくしは死んだ妹の声を
林のはてのはてからきく
……それはもうさうでなくても
誰でもおなじことなのだから
またあたらしく考へ直すこともない……
草のいきれとひのきのにほひ
鳥はまた一さうひどくさわぎだす
どうしてそんなにさわぐのか
田に水を引く人たちが
抜き足をして林のへりをあるいても

南のそらで星がたびたび流れても
べつにあぶないことはない
しづかに睡ってかまはないのだ

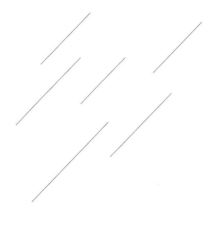

雲／

就算說拼命地過來了
但那就像夢話
像濁酒一樣
……倚靠濕潤深夜的燒炭木椿……
喂　兄弟
給我點回應
從那漆黑的雲中

32

雲／

いっしゃうけんめいやってきたといっても
ねごとみたいな
にごりさけみたいなことだ
……ぬれた夜なかの焼きぼっ杭によっかかり……
おい　きゃうだい
へんじしてくれ
そのまっくろな雲のなかから

森林軌道／

岩手火山蓋上巨大冰霧的套子
山頂瀰漫陰暗的鋅粉
用白色林道
連結山腳岱赭色的落葉松方林
從那寒冷的負性雪中
小松的黑色金平糖
散落在整面原野上
……從河流聲中風聲中
聽見礦車微微的響聲……
南方升起朦朧雪雲

盛岡市街沉而不見
三之森山的西半邊
雜木迷濛地燻燒
剩下則是馬口鐵色
……熔岩流的刻紋上
兩句鬼語橫行……
突然一線暴風雪螺旋捲起
緊接著又直立成一線
現在原野四處都像
在空氣上鑿孔一般
巖稜也一齊噴發

……四號礦車
好像遇上大麻煩
聲音反而遠去……
從一朵雲的裂縫
斜射進白色的光
山比灰更巨大
森林的一半也陷入煙霧中
……鳥從方才開始就拼命
一邊縫紉暴風雪之柱
一邊在風的高處叫喚……

33

森林軌道／

岩手火山が巨きな氷霧の套をつけて
そのいたゞきを陰気な亜鉛の粉にうづめ
裾に岱赭の落葉松の方林を
林道白く連結すれば
そこから寒い負性の雪が
小松の黒い金米糖を
野原いちめん散点する
　　　……川の音から風の音から
　　　とろがかすかにひびいてくる……
南はうるむ雪ぐもを

盛岡の市は沈んで見えず
三つ森山の西半分に
雑木がぼうとくすぶって
のこりが鈍いぶりきいろ
　　……鎔岩流の刻みの上に
　　　二つの鬼語が横行する……
いきなり一すじ
吹雪《フキ》が螺旋に舞ひあがり
続いて一すじまた立てば
いまはもう野はら一ぱい
あっちもこっちも

空気に孔があいたやう
巖稜も一斉に噴く
……四番のとろは
ひどく難儀をしてゐるらしく
音も却って遠くへ行った……

一つの雲の欠け目から
白い光が斜めに射し
山は灰より巨きくて
林もはんぶんけむりに陥ちる
……鳥はさっきから一生けん命
吹雪の柱を縫ひながら
風の高みに叫んでゐた……

[從飛太遠的雲影中]／

從飛太遠的雲影中，
如赤紅的小螞蟻般
一匹馬閃閃發光地出現
大家聚在一起
因陽炎而激烈飄搖
有個背起小小草叢
穿著白色長褲的男人
朝著馬站著，
但他看來也搖搖晃晃
大概是為了餵馬食鹽

正吹著喇叭收集著
後方是長到姥石高日
清新的夏草
用那茶色的防火線
與綠色的土堤鑲邊
分成了幾十塊
從光滑閃耀的南方天空
風腳或雲影
一而再再而三地下浸，
而草群也每每變得灰暗
草年年減少的原因

其中之一是樹木消失
土壤因而變得乾燥，
有樹之處草亦生得好，
窪坑越深草越豐饒
如果說能種些榿樹就好了
那冷靜的高清便說
要是有那麼多費用
還不如多吃些豆子
另一點則是因為脫鹵，
若不是割草地而是放牧地
不僅有天然補給

地力也本應不會衰落
但這四處都長滿酸性的
酸模之類的植物
如果說從哪條輕鐵沿線
鋸下石灰岩
磨成粉來撒就好了
那高清馬上就問
那樣真的好嗎
對菜田稻田真的好嗎
當然那對田地很好
美國等地早就施行了

若這麼回答高清就會說，
那樣你就自己去縣廳
建立一間公司
說什麼國家事業之類
到處募集股份
十年之間
誰都做不出什麼
而且會完全失去原貌
馬果然不會動
人也果然不會動
陽炎終於越來越激烈
雲影又再次奔馳

34

〔行きすぎる雲の影から〕

行きすぎる雲の影から、
赤い小さな蟻のやうに
馬がきらきらひかって出る
みんないっしょにあつまってゐる
かげらふのためにはげしくゆれる
小さな藪をせなかにしょって
白いずぼんのをとこが一人
馬にむかって立ってゐる、
それもやっぱりぐらぐらゆれる
たぶんは食塩をやるために

ラッパを吹いてあつめたところ
うしろは姥石高日まで
いまさわやかな夏草だ
それが茶いろの防火線と
緑のどてでへりどられ
十幾つかにわけられる
つるつる光る南のそらから
風の脚や雲の影は
何べんも何べんも涵って来て、
群はそのたびくらくなる
草の年々へるわけは

一つは木立がなくなって
土壌があんまり乾くためだ、
木のあるところは草もいゝし、
窪ほど草がいゝやうだ
はんをつけるといゝなと云へば
あの冷静な高清は
そんな費用があるくらゐなら
豆をも少し食はせるといふ
一つはやっぱり脱滷のためだ、
採草地でなく放牧地なら
天然的な補給もあり

地力は衰へない筈だけれども
ずゐぶんあちこち酸性で
すゐばなどが生えてゐる
どこか軽鉄沿線で
石灰岩を切り出して
粉にして撒けばいゝと云へば
それはほんとにいゝことか
畑や田にもいゝのかと
さう高清が早速きく
もちろんそれは畑にもいゝ
アメリカなどでもう早くからやってゐる

さう答へれば高清は、
それならひとつ県庁へ行って
株式会社をたてるといふ
国家事業とか何とか云って
株をあちこち募集して
十年ぐらゐの間には
誰がどうにかしたでもなく
すっかりもとをなくしてしまふ
馬はやっぱりうごかない
人もやっぱりうごかない
かげらふの方はいよいよ強く
雲影もまたたくさん走る

［黃花也開］／

黃花也開
將所有顏色種類
田埂上開滿的苦蕒菜
用釘耙刮採起來
河川那裡的急流
流著每秒九噸的針
看上面吧
丟石頭吧
紅頭伯勞振起箭羽
飛向純白的天空

35

〔黄いろな花もさき〕

黄いろな花もさき
あらゆる色の種類した
畦いっぱいの地しばりを
レーキでがりがり掻いてとる
川はあすこの瀬のところで
毎秒九噸の針をながす
上を見ろ
石を投げろ
まっ白なそらいっぱいに
もずが矢ばねを叩いて行く

大白菜田／

田的沙上滿是霜
收分曲線的圓柱列
都拉出水色的影子
數十次的夜晚與早晨間
因病折騰時
在這麼冰冷的空氣中
千顆芝罘白菜
成了即將要迸炸的砲彈
七百顆包頭連
則育成完美的麵包形

這裡是渡過碼頭的人
大家都會通過的地方
沿著河川去哪邊都得穿越
還能去向懸崖那邊
所以大家都說在這裡種菜
看起來很容易被偷
但誰也沒來偷過
在季節裡一個人熟成至如此
早晨已戴著純白的霜
早池峰藥師也因雪而純白
河川像似要爆炸般

偶爾飄起游移不定的煙氣
不斷燃燒又消失
接連不斷地流下針
無論病著
或是死去
對剩下的人
河川果然依舊延流不斷
這事多麼美好
啊啊這寧靜的田地
但我拖著手推車
踩進這些砂土

卻一點聲音也沒聽到
還是我根本聽不見呢，
雖然巨大的煙氣塊
現在通過向陽處
柱列的青色影子因而消失
砂子也發暗

36

白菜畑／

霜がはたけの砂いっぱいで
エンタシスある柱の列は
みな水いろの影をひく
十いくつかのよるとひる
病んでもだえてゐた間
こんなつめたい空気のなかで
千の芝罘白菜は
はぢけるまでの砲弾になり
包頭連の七百は
立派なパンの形になった

こゝは船場を渡った人が
みんな通って行くところだし
川に沿ってどっちへも抜けられ
崖の方へも出られるので
どうもこゝへ野菜をつくっては
盗られるだらうとみんなで云った
けれども誰も盗まない
季節にはひとりでにかういふに熟して
朝はまっ白な霜をかぶってゐるし
早池峰薬師ももう雪でまっしろ
川は爆発するやうな

不定な湯気をときどきあげ
燃えたり消えたりしつづけながら
どんどん針をながしてゐる
病んでゐても
あるひは死んでしまっても
残りのみんなに対しては
やっぱり川はつづけて流れるし
なんといふいゝことだらう
あゝひっそりとしたこのはたけ
けれどもわたくしが
レアカーをひいて

この砂つちにはいつてから
まだひとつの音もきいてゐないのは
それとも聞えないのだらうか、
巨きな湯気のかたまりが
いま日の面を通るので
柱列の青い影も消え
砂もくらくはなつたけれども

札幌市／

在遠方崩落的灰光
與貨物列車的顫動中
我把湧出的傷悲
一片片轉化為青色神話
但就算在開拓紀念的榆之廣場
奮力將其撒出去
小鳥也未曾啄食

37 札幌市／

遠くなだれる灰光と
貨物列車のふるひのなかで
わたくしは湧きあがるかなしさを
きれぎれ青い神話に変へて
開拓紀念の楡の広場に
力いっぱい撒いたけれども
小鳥はそれを啄まなかった

和風吹滿河谷／

啊，稻子終於起來了
如實的生物
如實的精巧機械
稻子全都起來了
在雨期等待的稻穎
現在閃耀著小小的白花
紅色蜻蜓嗖嗖飛在
寧靜的淡褐色陽光上
啊啊
從南方或西南方

和風吹滿河谷
汗濕的襯衫若乾了
熱燙的額頭與眼皮也會冷卻
一切辛苦的結果中
七月稻分櫱得好
展示了豐饒的秋天
但這八月中旬
就有十二日的赤紅朝霞
濕度九十的六日
莖桿只是萎靡徒長
雖結穗開花，

但終於在昨日強雨下
一株株傾倒

而且在寒雨的水花中
像來弔唁般的冰霧
披在倒下的稻子上
啊啊自然過於意外
也太過直率了

曾認為百中無一
那麼可怕的開花期雨
竟從正面襲來
將費心照顧的成果

全部接連打倒
相對地
本認為十次也未有一次之事
只因些許育苗的不同
施用磷酸的差異
今天就全部都起來了
從填滿森林的地平線
從閃耀青輝的死火山群
吹來的風翻越整面稻田
栗葉燦爛
現正進行清爽的蒸散

與透明汁液的移轉
啊啊我們身在曠野中
身在茁壯得像是蘆葦般嘈雜的稻田中
如純樸的古代諸神
再怎麼手舞足蹈都不夠

38

和風は河谷いっぱいに吹く／

あ、たうたう稲は起きた
まったくのいきもの
まったくの精巧な機械
稲がそろって起きてゐる
雨のあひだまってゐた穎は
いま小さな白い花をひらめかし
しづかな飴いろの日だまりの上を
赤いとんぼもすうすう飛ぶ
あゝ
南からまた西南から

和風は河谷いっぱいに吹いて
汗にまみれたシャツも乾けば
熱した額やまぶたも冷える
あらゆる辛苦の結果から
七月稲はよく分蘖し
豊かな秋を示してゐたが
この八月のなかばのうちに
十二の赤い朝焼けと
湿度九〇の六日を数へ
茎稈弱く徒長して
穂も出し花もつけながら、

ついに昨日のはげしい雨に
次から次と倒れてしまひ
うへには雨のしぶきのなかに
とむらふやうなつめたい霧が
倒れた稲を被ってゐた
あゝ自然はあんまり意外で
そしてあんまり正直だ
百に一つなからうと思った
あんな恐ろしい開花期の雨は
もうまっかうからやって来て
力を入れたほどのものを

みんなばたばた倒してしまった
その代りには
十に一つも起きれまいと思ってゐたものが
わづかの苗のつくり方のちがひや
燐酸のやり方のために
今日はそろってみな起きてゐる
森で埋めた地平線から
青くかゞやく死火山列から
風はいちめん稲田をわたり
また栗の葉をかゞやかし
いまさわやかな蒸散と

透明な汁液《サップ》の移転
あゝわれわれは曠野のなかに
芦とも見えるまで逞ましくさやぐ稲田のなかに
素朴なむかしの神々のやうに
べんぶしてもべんぶしても足りない

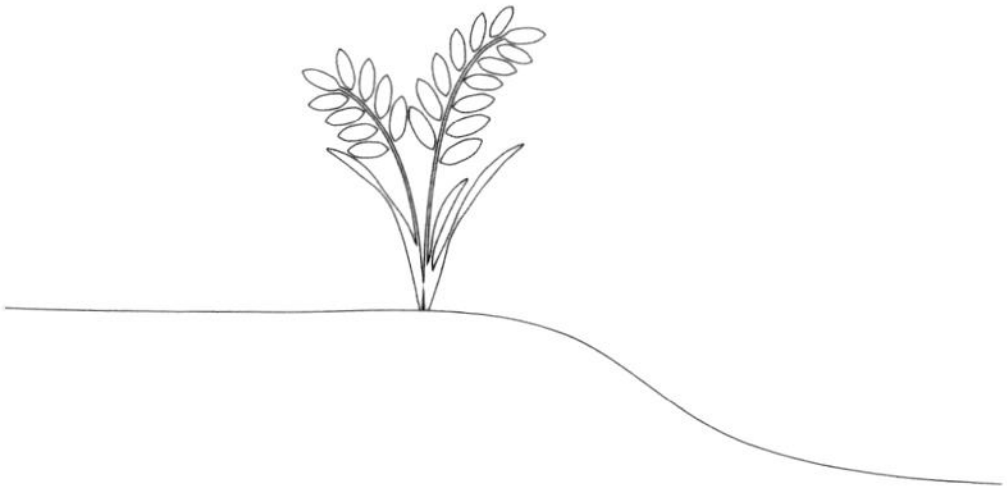

孕穗期

蜂蜜色的夕陽下
大家渴了
稻田裡的茅草島，
漂流到觀音堂
一整天行程
都在綠油油的稻田中
放眼望去一整面
那水色的葉鞘底部
煙霧般一毫米的羽毛
淡淡稻穗的原體

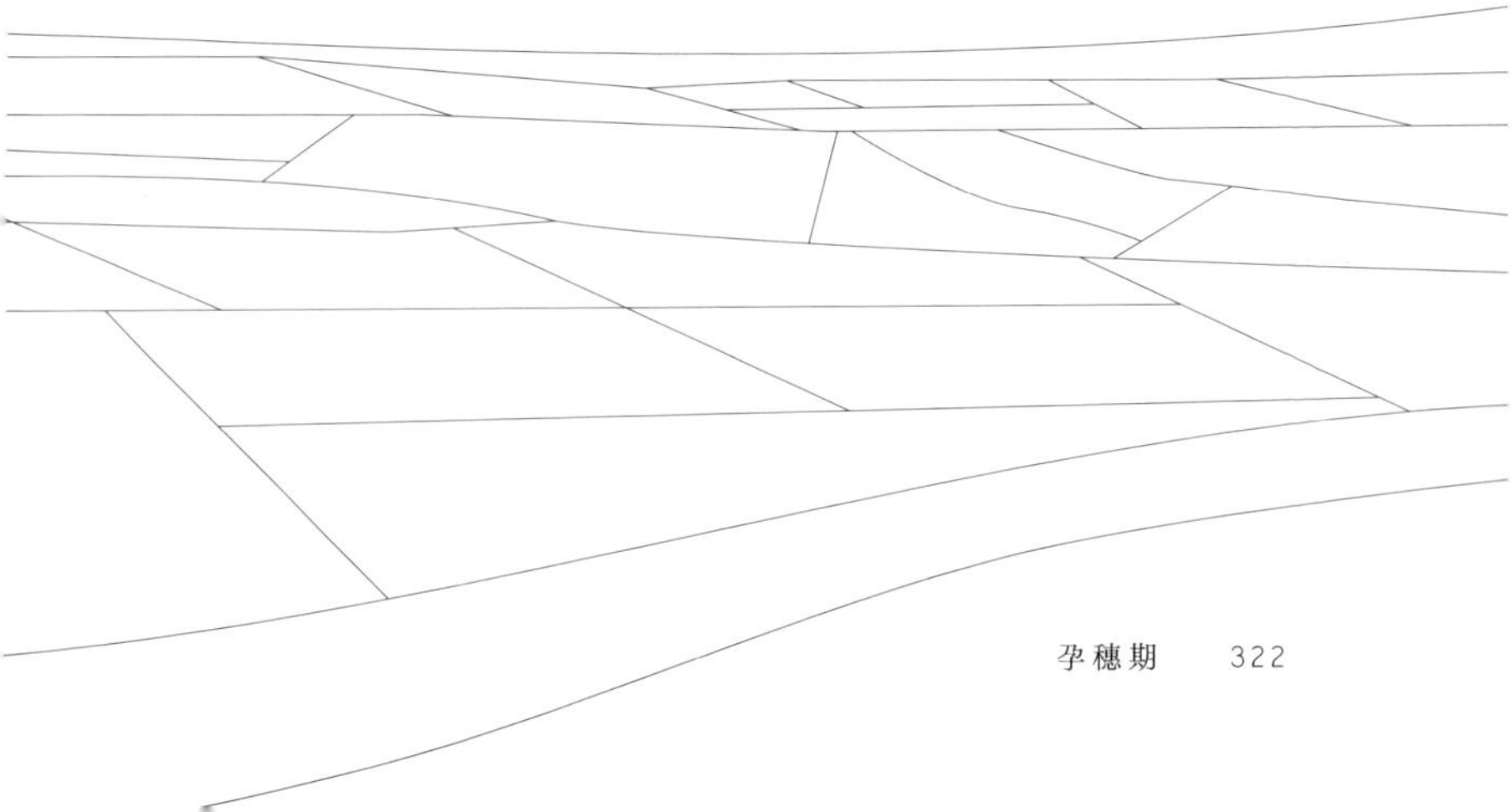

現在正悄悄形成
這幾個月的操心
消失在廣袤的東方山地
青濁的夕陽下
敞開胸口的麻襯衫蹲下
或脫掉帽子坐在小石頭上
每個人臉頰都被稻子割傷
嚐著芬芳的酸杏子
大家話語破碎
如同未知國度的原文
愣愣地轉動眼珠子，

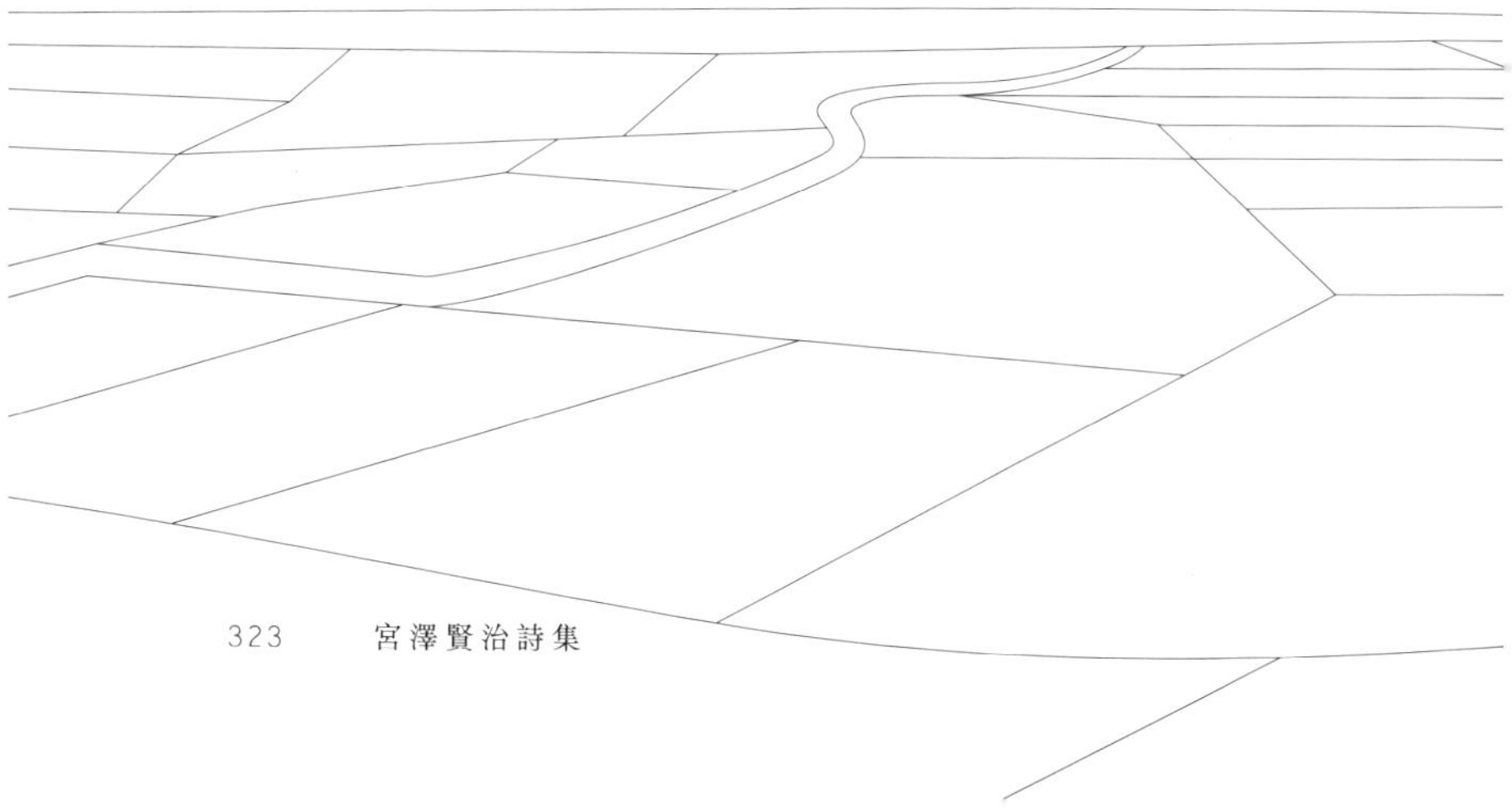

便是如綠寒天般紛嚷
更如液體般蒸起
環繞整座堂的茅叢

39 穂孕期／

蜂蜜いろの夕陽のなかを
みんな渇いて
稲田のなかの萓の島、
観音堂へ漂ひ着いた
いちにちの行程は
ただまっ青な稲の中
眼路をかぎりの
その水いろの葉筒の底で
けむりのやうな一ミリの羽
淡い稲穂の原体が

いまこっそりと形成され
この幾月の心労は
ぼうぼう東の山地に消える
青く澱んだ夕陽のなかで
麻シャツの胸をはだけてしゃがんだり
帽子をぬいで小さな石に腰かけたり
みんな顔中稲で傷だらけにして
芬って酸っぱいあんずをたべる
みんなのことばはきれぎれで
知らない国の原語のやう
ぼうとまなこをめぐらせば、

青い寒天のやうにもさやぎ
むしろ液体のやうにもけむって
この堂をめぐる萱むらである

〔在這暴雨中〕／

在這暴雨中
靜靜地養著一隻兔
因為是隻好兔子
臉上也有銀色
也如同綠繡眼鳴叫
然後啪啪地吃豇豆
但這樣也來不及了
雖說來不及
若真有那麼年輕
雙頰明亮

頭髮又捲又黑的話
就穿上玳瑁橡膠的長靴
買橄欖色的縮水襯衫來穿
然後擺架子笑著
像是神樂面具
不論做什麼都來不及
那是親愛的夥伴之一
在黯淡低垂的桑林遠方
南邊天空發亮如灰

40

〔このひどい雨のなかで〕／

このひどい雨のなかで
しづかに兎を飼ってゐる
いゝ兎なので
顔の銀いろなのもあり
めじろのやうになくのもある
そしてパチパチさゝげをたべる
けれどもこれも間に合はない
間に合はないと云ったところで
ああいふふうに若くて
頬もあかるく

髪もちゞれて黒いとなれば
べっかうゴムの長靴もはき
オリーヴいろの縮みのシャツも買って着る
そしてにがにがわらってゐる
かぐらのめんのやうなところがある
なにをやっても間にあはない
その親愛な仲間のひとりだ
くらく垂れた桑の林の向ふで
南のそらが灰いろにひかる

［太陽還照著］／

太陽還照著
天空曠闊而灰暗
我陷進竹子裡沉睡了
　　　　　　埋進
一大群鷺往北遠渡

41

〔日が照ってゐて〕／

日が照ってゐて
そらはがらんと暗かった
わたくしは笹のなかに陥ち込んでねむった
　　　　　　　　埋もれて
鷺の群がいっぱいに北へ渡った

夜／

……Donald Caird can lilt and sing,
brithly dance the hehland
highland 是嗎

是誰在哭
是哪個女人哭得淒慘
雪、麻、鋼、穿過黑暗原野穿過河岸
奔向溪流、奔向凍結的夜晚石頭，
我彈跳起來吧，
啊啊已被丟在岸邊死去
被赤子呼喚的母親前往

從懸崖下方追來的聲音
啊啊　那聲音是……
別聽了　也別再想
……Donald Caird can lilt and sing,
算了吧　帶來吧　聲音完全靜下
只留滿地深黑石頭

42

夜／

……Donald Caird can lilt and sing,
brithly dance the hehland
highland だらうか

誰かゞ泣いて
誰か女がはげしく泣いて
雪、麻、はがね、暗の野原を河原を
川へ、凍った夜中の石へ走って行く、
わたくしははねあがらうか、
あゝ川岸へ棄てられたまゝ死んでゐた
赤児に呼ばれた母が行くのだ

崖の下から追ふ声が
あゝ　その声は……
もう聞くな　またかんがへるな
……Donald Caird can lilt and sing,
もういゝのだ　つれてくるのだ 声がすっかりしづまって
まっくろないちめんの石だ

某段戀情／

這什麼眼睛　這可是看了幾十年的眼睛
這可是昨日今日都問答的那眼睛
那邊也盯著不放
那純粹是清秀的靈魂

43 ある恋／

なんだこの眼は　何十年も見た眼だぞ
昨日も今日も問ひ答へしたあの眼だぞ
向ふもぢっと見てゐるぞ
清楚なたましひたゞそのもの

［熟至蘋果青］／

熟至蘋果青
甚而更勝於青
實驗稻子的十個壺
可用瓷釉來彩繪
在玻璃板前
一副要解釋的樣子坐下
空氣淡淡地攪濁夜晚
燈光少許孵生時
楚楚動人地讀著實驗稻子的說明
楚楚動人過頭的少女

44

〔苹果青に熟し〕／

苹果青に熟し
またはなほに青い
試験の稲の十のポットや
エナメルにて描ける
グラスの板の前に
物説くさまに腰かけて
空気は夜を淡くにごり
燈やゝにうみしころ
楚々として試験の稲の説明を読み
楚々として過ぎたる乙女

〔不畏風雨〕

不輸給大雨
不輸給強風
也不敗給豪雪夏暑
保持強健身軀
無欲無求
絕不嗔怒
總是平靜微笑
一日食糙米四合
味噌及少許蔬菜
對一切事物

不計自己損得
仔細觀察聆聽並瞭解
然後永銘於心
居於原野松林的樹蔭下
小小的茅草屋裡
東邊若有生病的孩子
就去照顧他
西邊若有疲累的母親
就去為她背起稻捆
南邊若有將死之人
就去安慰他別害怕

北邊若有鬥爭訴訟
就去告訴他們那沒有意義快住手
乾旱時難過流淚
冷夏時不安踱步
讓大家稱作廢物
不受褒獎
不被擔憂
我想成為
像那樣的人

45

〔雨ニモマケズ〕

雨ニモマケズ
風ニモマケズ
雪ニモ夏ノ暑サニモマケヌ
丈夫ナカラダヲモチ
慾ハナク
決シテ瞋ラズ
イツモシヅカニワラッテヰル
一日ニ玄米四合ト
味噌ト少シノ野菜ヲタベ
アラユルコトヲ

ジブンヲカンジョウニ入レズニ
ヨクミキキシワカリ
ソシテワスレズ
野原ノ松ノ林ノ蔭ノ
小サナ萓ブキノ小屋ニヰテ
東ニ病気ノコドモアレバ
行ッテ看病シテヤリ
西ニツカレタ母アレバ
行ッテソノ稲ノ束ヲ負ヒ
南ニ死ニサウナ人アレバ
行ッテコハガラナクテモイヽトイヒ

北ニケンクヮヤソショウガアレバ
ツマラナイカラヤメロトイヒ
ヒデリノトキハナミダヲナガシ
サムサノナツハオロオロアルキ
ミンナニデクノボートヨバレ
ホメラレモセズ
クニモサレズ
サウイフモノニ
ワタシハナリタイ

宮澤賢治紀念館／宮澤賢治童話村

宮澤賢治紀念館位於他的故鄉岩手縣花卷市。裡面收藏許多宮澤賢治的照片和珍貴的手稿，並展示了他平常的興趣，像是收集礦石、水彩畫、大提琴等等，完善地保存了宮澤賢治的遺物，讓大家可以更了解他。

紀念館跟童話村的中間有一家出現在《要求很多的餐廳》裡的恐怖餐廳「山貓軒」，不過不用擔心！這裡的老闆不會吃掉你。

而宮澤賢治童話村是一個以他的作品為藍圖所設計的園區。有《銀河鐵道之夜》裡出現的「天鵝站」、「銀河車站」等等。並設有「賢治的教室」，利用影音效果和幻燈片等等，來模擬出作品中的幻想空間，讓大家可以更了解他創作時的背景以及理念。園區裡還規劃了在樹林裡散步的「妖精小徑」、「貓頭鷹小徑」等等，有許多裝置藝術，風景優美，處處可見各種巧思，是一個可以讓喜愛宮澤賢治的人滿載而歸、不熟悉他的人也可以放鬆心靈的地方。

照片提供：Mr.Even

■ 宮澤賢治紀念館

http://www.miyazawa-kenji.com/kinenkan.html

地址：〒 025-0011 岩手県花巻市矢沢 1-1-36

開館時間：8:30~17:00

■ 宮澤賢治童話村

http://www.city.hanamaki.iwate.jp/shimin/176/181/p004861.html

地址：〒 025-0014 岩手県花巻市高松 26-19

開館時間：8:30~16:30

宮澤賢治年表／

1896	0	8月27日於岩手縣花卷市出生，為家中長男。
1903	7	進入鎮立花卷川口普通高等小學就讀。
1906	10	跟隨父親參加暑期佛教講習會，開始熱衷於採集礦物植物。
1910	14	因學校活動開始喜歡上登山，進而喜愛大自然。
1911	15	開始寫短歌。
1914	18	從盛岡中學畢業。對宮澤家開設當鋪靠窮困人家來賺錢感到厭惡。
1915	19	以第一名的成績進入盛岡高等農林學校就讀。
1916	20	以筆名「健吉」發表29首短歌。
1917	21	與朋友創刊收錄短歌為主的同人誌《杜鵑》。以筆名「銀縞」發表短歌。
1918	22	從盛岡高等農立學校畢業成為研究生。開始寫兒童文學。
1920	24	修完研究生課程，婉拒晉身副教授的好意。
1921	25	開始大量創作童話。任教於花卷農學校。擔任代數、農產、作物、土壤、肥料等等科別的老師。

1924	28	自費出版詩集《春與修羅》、童話集《要求很多的餐廳》。開始寫《銀河鐵道之夜》的初稿。
1926	30	發表《貓咪事務所》。辭去教職開始獨居生活，平日朗誦童話給附近的小孩聽。設立羅須地人協會教授農業知識。
1928	32	奔波於稻作指導的途中，發燒病倒返家養病，之後轉成肺炎。
1930	34	大致康復之後投入園藝工作。
1931	35	復發，返鄉臥床療養期間在手帳上寫下《不畏風雨》。
1933	37	9月21日下午一點半病逝，享年37歲。

日本經典文學

逝世 90 週年中日對照紀念有聲版

宮澤賢治詩集

著者　宮澤賢治
譯者　林農凱
總編輯　洪季楨
編輯　葉雯婷．陳亭安
編輯協力　斐然有限公司
封面設計　王舒玗
內頁設計　王舒玗
編輯企劃　笛藤出版
發行所　八方出版股份有限公司
發行人　林建仲
地址　台北市中山區長安東路二段171號3樓3室
電話　(02)2777-3682
傳真　(02)2777-3672
總經銷　聯合發行股份有限公司
地址　新北市新店區寶橋路235巷6弄6號2樓
電話　(02)2917-8022·(02)2917-8042
製版廠　造極彩色印刷製版股份有限公司
地址　新北市中和區中山路2段340巷36號
電話　(02)2240-0333·(02)2248-3904
郵撥帳戶　八方出版股份有限公司
郵撥帳號　19809050

定價 350 元　2023 年 9 月 27 日　二版第 1 刷

宮澤賢治詩集 / 宮澤賢治著 ; 林農凱譯 . -- 二版 . -- 臺北市 :
笛藤出版圖書有限公司 , 八方出版股份有限公司 , 2023.09
面 ;　公分 . -- (日本經典文學)
ISBN 978-957-710-902-6(平裝)
861.57　　112012185